Theodor Stromer

**Aquis submersus : Novelle**

Theodor Stromer

**Aquis submersus : Novelle**

ISBN/EAN: 9783744684170

Hergestellt in Europa, USA, Kanada, Australien, Japan

Cover: Foto ©Andreas Hilbeck / pixelio.de

Weitere Bücher finden Sie auf **www.hansebooks.com**

# AQUIS SUBMERSUS.

Novelle

von

Theodor Storm.

Mit einem Titelbilde

von

Paul Meyerheim.

Berlin.

Verlag von Gebrüder Paetel.

1877.

Seinem Landsmann

# Wilhelm Jensen

sendet dieses Buch

als Gruß aus der Heimath

der Verfasser.

In unserem zu dem früher herzoglichen Schlosse gehörigen, seit Menschengedenken aber ganz vernachlässigten „Schloßgarten" waren schon in meiner Knabenzeit die einst im altfranzösischen Stile angelegten Hagebuchenhecken zu dünnen, gespenstischen Alleen ausgewachsen; da sie indessen immerhin noch einige Blätter tragen, so wissen wir Hiesigen, durch Laub der Bäume nicht verwöhnt, sie gleichwol auch in dieser Form zu schätzen; und zumal von uns nachdenklichen Leuten wird immer der Eine oder Andere dort zu treffen sein. Wir pflegen dann unter dem dürftigen Schatten nach dem sogenannten „Berg" zu wandeln, einer kleinen Anhöhe in der nordwestlichen Ecke des Gartens oberhalb dem ausgetrockneten Bette eines Fischteiches, von wo aus der weitesten Aussicht nichts im Wege steht.

Die Meisten mögen wol nach Westen blicken,
um sich an dem lichten Grün der Marschen und
darüberhin an der Silberfluth des Meeres zu
ergötzen, auf welcher das Schattenspiel der lang=
gestreckten Insel schwimmt; meine Augen wenden
unwillkürlich sich nach Norden, wo, kaum eine
Meile fern, der graue, spitze Kirchthurm aus
dem höher belegenen, aber öden Küstenlande auf=
steigt; denn dort liegt eine von den Stätten
meiner Jugend.

Der Pastorssohn aus jenem Dorfe besuchte
mit mir die „Gelehrtenschule" meiner Vaterstadt,
und unzählige Male sind wir am Sonnabend=
nachmittage zusammen dahinausgewandert, um
dann am Sonntagabend oder Montags früh zu
unserem Nepos, oder später zu unserem Cicero
nach der Stadt zurückzukehren. Es war damals
auf der Mitte des Weges noch ein gut Stück
ungebrochener Haide übrig, wie sie sich einst nach
der einen Seite bis fast zur Stadt, nach der
anderen ebenso gegen das Dorf erstreckt hatte.
Hier summten auf den Blüthen des duftenden

Haidekrauts die Immen und weißgrauen Hum=
meln und rannte unter den dürren Stengeln
desselben der schöne, goldgrüne Laufkäfer; hier
in den Duftwolken der Eriken und des harzigen
Gagelstrauches schwebten Schmetterlinge, die nir=
gends sonst zu finden waren. Mein ungeduldig
dem Elternhause zustrebender Freund hatte oft
seine liebe Noth, seinen träumerischen Genossen
durch all' die Herrlichkeiten mit sich fort zu bringen;
hatten wir jedoch das angebaute Feld erreicht,
dann ging es auch um desto munterer vorwärts,
und bald, wenn wir nur erst den langen Sand=
weg hinaufwateten, erblickten wir auch schon über
dem dunklen Grün einer Fliederhecke den Giebel
des Pastorhauses, aus dem das Studirzimmer
des Pastors mit seinen kleinen, blinden Fenster=
scheiben auf die bekannten Gäste hinabgrüßte.

Bei den Pastorsleuten, deren einziges Kind
mein Freund war, hatten wir allezeit, wie wir
hier zu sagen pflegen, fünf Quartier auf der
Elle, ganz abgesehen von der wunderbaren Natu=
ralverpflegung. Nur die Silberpappel, der einzig

hohe und also auch einzig verlockende Baum des
Dorfes, welche ihre Zweige ein gut Stück ober=
halb des bemoosten Strohdaches rauschen ließ,
war gleich dem Apfelbaum des Paradieses uns
verboten und wurde daher nur heimlich von uns
erklettert; sonst war, so viel ich mich entsinne,
Alles erlaubt und wurde je nach unserer Alters=
stufe bestens von uns ausgenutzt.

Der Hauptschauplatz unserer Thaten war die
große „Priesterkoppel", zu der ein Pförtchen aus
dem Garten führte. Hier wußten wir mit dem
den Buben angebornen Instincte die Nester der
Lerchen und der Grauammern aufzuspüren, denen
wir dann die wiederholtesten Besuche abstatteten,
um nachzusehen, wie weit in den letzten zwei
Stunden die Eier oder die Jungen nun gediehen
seien; hier auf einer tiefen und, wie ich jetzt
meine, nicht weniger als jene Pappel gefährlichen
Wassergrube, deren Rand mit alten Weiden=
stümpfen dicht umstanden war, fingen wir die
flinken schwarzen Käfer, die wir „Wasserfranzosen"
nannten, oder ließen wir ein ander Mal unsere

auf einer eigens angelegten Werft erbaute Kriegs=
flotte aus Wallnußschaalen und Schachteldeckeln
schwimmen. Im Spätsommer geschah es dann
auch wol, daß wir aus unserer Koppel einen
Raubzug nach des Küsters Garten machten, wel=
cher gegenüber dem des Pastorates an der an=
deren Seite der Wassergrube lag; denn wir hatten
dort von zwei verkrüppelten Apfelbäumen unseren
Zehnten einzuheimsen, wofür uns freilich gelegent=
lich eine freundschaftliche Drohung von dem gut=
müthigen alten Manne zu Theil wurde. — So
viele Jugendfreuden wuchsen auf dieser Priester=
koppel, in deren dürrem Sandboden andere Blu=
men nicht gedeihen wollten; nur den scharfen
Duft der goldknopfigen Rainfarren, die hier
haufenweis auf allen Wällen standen, spüre ich
noch heute in der Erinnerung, wenn jene Zeiten
mir lebendig werden.

Doch alles Dieses beschäftigte uns nur vor=
übergehend; meine dauernde Theilnahme dagegen
erregte ein Anderes, dem wir selbst in der Stadt
nichts an die Seite zu setzen hatten. — Ich meine

damit nicht etwa die Röhrenbauten der Lehm=
wespen, die überall aus den Mauerfugen des
Stalles hervorragten, obschon es anmuthig genug
war, in beschaulicher Mittagsstunde das Aus=
und Einfliegen der emsigen Thierchen zu beob=
achten; ich meine den viel größeren Bau der
alten und ungewöhnlich stattlichen Dorfkirche.
Bis an das Schindeldach des hohen Thurmes
war sie von Grund auf aus Granitquadern auf=
gebaut und beherrschte, auf dem höchsten Punkt
des Dorfes sich erhebend, die weite Schau über
Haide, Strand und Marschen. — Die meiste
Anziehungskraft für mich hatte indeß das Innere
der Kirche; schon der ungeheure Schlüssel, der
von dem Apostel Petrus selbst zu stammen schien,
erregte meine Phantasie. Und in der That er=
schloß er auch, wenn wir ihn glücklich dem alten
Küster abgewonnen hatten, die Pforte zu manchen
wunderbaren Dingen, aus denen eine längst ver=
gangene Zeit hier wie mit finsteren, dort mit
kindlich frommen Augen, aber immer in geheim=
nißvollem Schweigen zu uns Lebenden aufblickte.

Da hing mitten in die Kirche hinab ein schrecklich
übermenschlicher Crucifixus, dessen hagere Glieder
und verzerrtes Antlitz mit Blute überrieselt waren;
dem zur Seite an einem Mauerpfeiler haftete
gleich einem Nest die braungeschnitzte Kanzel, an
der aus Frucht- und Blattgewinden allerlei Thier-
und Teufelsfratzen sich hervorzudrängen schienen.
Besondere Anziehung aber übte der große, ge-
schnitzte Altarschrank im Chor der Kirche, auf
dem in bemalten Figuren die Leidensgeschichte
Christi dargestellt war; so seltsam wilde Gesichter,
wie das des Kaiphas oder die der Kriegsknechte,
welche in ihren goldenen Harnischen um des
Gekreuzigten Mantel würfelten, bekam man
draußen im Alltagsleben nicht zu sehen; tröstlich
damit contrastirte nur das holde Antlitz der am
Kreuze hingesunkenen Maria; ja, sie hätte leicht
mein Knabenherz mit einer phantastischen Neigung
bestricken können, wenn nicht ein Anderes mit
noch stärkerem Reize des Geheimnißvollen mich
immer wieder von ihr abgezogen hätte.

Unter all' diesen seltsamen oder wol gar

unheimlichen Dingen hing im Schiff der Kirche
das unschuldige Bildniß eines todten Kindes,
eines schönen, etwa fünfjährigen Knaben, der,
auf einem mit Spitzen besetzten Kissen ruhend,
eine weiße Wasserlilie in seiner kleinen, bleichen
Hand hielt. Aus dem zarten Antlitz sprach neben
dem Grauen des Todes, wie hülfeflehend, noch
eine letzte holde Spur des Lebens; ein unwider=
stehliches Mitleid befiel mich, wenn ich vor diesem
Bilde stand.

Aber es hing nicht allein hier; dicht daneben
schaute aus dunklem Holzrahmen ein finsterer
schwarzbärtiger Mann in Priesterkragen und
Sammar. Mein Freund sagte mir, es sei der
Vater jenes schönen Knaben; dieser selbst, so
gehe noch heute die Sage, solle einst in der
Wassergrube unserer Priesterkoppel seinen Tod
gefunden haben. Auf dem Rahmen lasen wir
die Jahrzahl 1666; das war lange her. Immer
wieder zog es mich zu diesen beiden Bildern;
ein phantastisches Verlangen ergriff mich, von
dem Leben und Sterben des Kindes eine nähere

wenn auch noch so karge Kunde zu erhalten; selbst
aus dem düstern Antlitz des Vaters, das trotz
des Priesterkragens mich fast an die Kriegsknechte
des Altarschranks gemahnen wollte, suchte ich sie
herauszulesen.

— — Nach solchen Studien in dem Dämmer=
licht der alten Kirche erschien dann das Haus
der guten Pastorsleute nur um so gastlicher.
Freilich war es gleichfalls hoch zu Jahren, und
der Vater meines Freundes hoffte, so lange ich
denken konnte, auf einen Neubau; da aber die
Küsterei an derselben Altersschwäche litt, so wurde
weder hier noch dort gebaut. — Und doch, wie
freundlich waren trotzdem die Räume des alten
Hauses; im Winter die kleine Stube rechts, im
Sommer die größere links vom Hausflur, wo
die aus den Reformationsalmanachen herausge=
schnittenen Bilder in Mahagonirähmchen an der
weißgetünchten Wand hingen, wo man aus dem
westlichen Fenster nur eine ferne Windmühle,
außerdem aber den ganzen weiten Himmel vor
sich hatte, der sich Abends in rosenrothem Schein

verklärte und das ganze Zimmer überglänzte!
Die lieben Pastorsleute, die Lehnstühle mit den
rothen Plüschkissen, das alte tiefe Sopha, auf
dem Tisch beim Abendbrod der traulich sausende
Theekessel, — es war Alles helle, freundliche
Gegenwart. Nur eines Abends — wir waren
derzeit schon Secundaner — kam mir der Gedanke, welch' eine <u>Vergangenheit</u> an diesen Räu-
men hafte, ob nicht gar jener todte Knabe einst mit
frischen Wangen hier leibhaftig umhergesprungen
sei, dessen Bildniß jetzt wie mit einer wehmüthig
holden Sage den düsteren Kirchenraum erfüllte.

Veranlassung zu solcher Nachdenklichkeit mochte
geben, daß ich am Nachmittage, wo wir auf
meinen Antrieb wieder einmal die Kirche besucht
hatten, unten in einer dunkelen Ecke des Bildes
vier mit rother Farbe geschriebene Buchstaben
entdeckt hatte, die mir bis jetzt entgangen waren.

„Sie lauten <u>C. P. A. S.</u>", sagte ich zu dem
Vater meines Freundes; „aber wir können sie
nicht enträthseln."

„Nun," erwiederte dieser; „die Inschrift ist

mir wohl bekannt; und nimmt man das Gerücht
zu Hülfe, so möchten die beiden letzten Buchstaben
wol mit ‚Aquis Submersus‘, also mit ‚Ertrunken‘
oder wörtlich ‚Im Wasser versunken‘ zu deuten
sein; nur mit dem vorangehenden C. P. wäre
man dann noch immer in Verlegenheit! Der
junge Abjunctus unseres Küsters, der einmal die
Quarta passirt ist, meint zwar, es könne ‚Casu
Periculoso‘, ‚Durch gefährlichen Zufall‘ heißen;
aber die alten Herren jener Zeit dachten logischer;
wenn der Knabe dabei ertrank, so war der Zu=
fall nicht nur bloß gefährlich.“

Ich hatte begierig zugehört. „Casu“ sagte
ich; „es könnte auch wol ‚Culpa‘ heißen?“

„Culpa?“ wiederholte der Pastor. „Durch
Schuld? — aber durch wessen Schuld!“

Da trat das finstere Bild des alten Predigers
mir vor die Seele, und ohne viel Besinnen rief
ich: „Warum nicht: ‚Culpa Patris?‘“

Der gute Pastor war fast erschrocken. „Ei, ei,
mein junger Freund,“ sagte er und erhob war=
nend den Finger gegen mich. „Durch Schuld

des Vaters? — So wollen wir trotz seines düsteren Ansehens meinen seligen Amtsbruder doch nicht beschuldigen. Auch würde er dergleichen wol schwerlich von sich haben schreiben lassen."

Dies Letztere wollte auch meinem jugendlichen Verstande einleuchten; und so blieb denn der eigentliche Sinn der Inschrift nach wie vor ein Geheimniß der Vergangenheit.

Daß übrigens jene beiden Bilder sich auch in der Malerei wesentlich vor einigen alten Predigerbildnissen auszeichneten, welche gleich daneben hingen, war mir selbst schon klar geworden; daß aber Sachverständige in dem Maler einen tüchtigen Schüler altholländischer Meister erkennen wollten, erfuhr ich freilich jetzt erst durch den Vater meines Freundes. Wie jedoch ein solcher in dieses arme Dorf verschlagen worden, oder woher er gekommen und wie er geheißen habe, darüber wußte auch er mir nichts zu sagen. Die Bilder selbst enthielten weder einen Namen, noch ein Malerzeichen.

Die Jahre gingen hin. Während wir die
Univerſität beſuchten, ſtarb der gute Paſtor, und
die Mutter meines Schulgenoſſen folgte ſpäter
ihrem Sohne auf deſſen inzwiſchen anderswo erreichte Pfarrſtelle; ich hatte keine Veranlaſſung
mehr, nach jenem Dorfe zu wandern. — Da, als
ich ſelbſt ſchon in meiner Vaterſtadt wohnhaft
war, geſchah es, daß ich für den Sohn eines
Verwandten ein Schülerquartier bei guten Bürgersleuten zu beſorgen hatte. Der eigenen Jugend-
zeit gedenkend, ſchlenderte ich im Nachmittags-
ſonnenſcheine durch die Straßen, als mir an der
Ecke des Marktes über der Thür eines alten,
hochgegiebelten Hauſes eine plattdeutſche Inſchrift
in die Augen fiel, die verhochdeutſcht etwa lauten
würde:

> Gleich ſo wie Rauch und Staub verſchwindt,
> Alſo ſind auch die Menſchenkind'.

Die Worte mochten für jugendliche Augen
wol nicht ſichtbar ſein; denn ich hatte ſie nie
bemerkt, ſo oft ich auch in meiner Schulzeit mir
einen Heißewecken bei dem dort wohnenden Bäcker

geholt hatte. Faſt unwillkürlich trat ich in das
Haus; und in der That, es fand ſich hier ein
Unterkommen für den jungen Vetter. Die Stube
ihrer alten „Möbberſch" (Mutterſchweſter) — ſo
ſagte mir der freundliche Meiſter —, von der ſie
Haus und Betrieb geerbt hätten, habe ſeit Jahren
leer geſtanden; ſchon lange hätten ſie ſich einen
jungen Gaſt dafür gewünſcht.

Ich wurde eine Treppe hinaufgeführt, und
wir betraten dann ein ziemlich niedriges, alter-
thümlich ausgeſtattetes Zimmer, deſſen beide
Fenſter mit ihren kleinen Scheiben auf den ge-
räumigen Marktplatz hinausgingen. Früher, erzählte der Meiſter, ſeien zwei uralte Linden vor
der Thür geweſen; aber er habe ſie ſchlagen
laſſen, da ſie allzuſehr in's Haus gedunkelt und
auch hier die ſchöne Ausſicht ganz verdeckt hätten.

Ueber die Bedingungen wurden wir bald in
allen Theilen einig; während wir dann aber noch
über die jetzt zu treffende Einrichtung des Zimmers ſprachen, war mein Blick auf ein im
Schatten eines Schrankes hängendes Oelgemälde

gefallen, das plötzlich meine ganze Aufmerksam=
keit hinwegnahm. Es war noch wohl erhalten
und stellte einen älteren, ernst und milde bliden=
den Mann dar, in einer dunklen Tracht, wie in
der Mitte des siebzehnten Jahrhunderts sie die=
jenigen aus den vornehmeren Ständen zu tragen
pflegten, welche sich mehr mit Staatssachen oder
gelehrten Dingen, als mit dem Kriegshandwerke
beschäftigten.

Der Kopf des alten Herrn, so schön und an=
ziehend und so trefflich gemalt er immer sein
mochte, hatte indessen nicht diese Erregung in
mir hervorgebracht; aber der Maler hatte ihm
einen blassen Knaben in den Arm gelegt, der in
seiner kleinen schlaff herabhängenden Hand eine
weiße Wasserlilie hielt; — und diesen Knaben
kannte ich ja längst. Auch hier war es wol der
Tod, der ihm die Augen zugedrückt hatte.

„Woher ist dieses Bild?" fragte ich endlich,
da ich plötzlich inne wurde, daß der vor mir
stehende Meister mit seiner Auseinandersetzung
innegehalten hatte.

Er sah mich verwundert an. „Das alte
Bild? Das ist von unserer Möbbersch," erwie=
derte er: „es stammt von ihrem Urgroßonkel,
der ein Maler gewesen und vor mehr als hun=
dert Jahren hier gewohnt hat. Es sind noch
andre Siebensachen von ihm da."

Bei diesen Worten zeigte er nach einer kleinen
Lade von Eichenholz, auf welcher allerlei geo=
metrische Figuren recht zierlich eingeschnitten waren.

Als ich sie von dem Schranke, auf dem sie
stand, herunternahm, fiel der Deckel zurück, und
es zeigten sich mir als Inhalt einige stark ver=
gilbte Papierblätter mit sehr alten Schriftzügen.

„Darf ich die Blätter lesen?" fragte ich.

„Wenn's Ihnen Plaisir macht," erwiederte
der Meister, „so mögen Sie die ganze Sache mit
nach Hause nehmen; es sind so alte Schriften;
Werth steckt nicht darin."

Ich aber erbat mir und erhielt auch die Er=
laubniß, diese werthlosen Schriften hier an Ort
und Stelle lesen zu dürfen; und während ich
mich dem alten Bilde gegenüber in einen mäch=

tigen Ohrenlehnstuhl setzte, verließ der Meister
das Zimmer, zwar immer noch erstaunt, doch
gleichwol die freundliche Verheißung zurücklassend,
daß seine Frau mich bald mit einer guten Tasse
Kaffee regaliren werde.

Ich aber las, und hatte im Lesen bald Alles
um mich her vergessen.

~~~~~~~~

So war ich denn wieder daheim in unserm
Holstenlande; am Sonntage Cantate war es
anno 1661 — Mein Malgeräth und sonstiges
Gepäcke hatte ich in der Stadt zurückgelassen und
wanderte nun fröhlich fürbaß, die Straße durch
den maiengrünen Buchenwald, der von der See
in's Land hinaufsteigt. Vor mir her flogen ab
und zu ein paar Waldvöglein und letzeten ihren
Durst an dem Wasser, so in den tiefen Rad=
geleisen stund; denn ein linder Regen war gefallen
über Nacht und noch gar früh am Vormittage,

so daß die Sonne den Waldesschatten noch nicht überstiegen hatte.

Der helle Drosselschlag, der von den Lichtungen zu mir scholl, fand seinen Widerhall in meinem Herzen. Durch die Bestellungen, so mein theurer Meister van der Helst im letzten Jahre meines Amsterdamer Aufenthalts mir zugewendet, war ich aller Sorge quitt geworden; einen guten Zehrpfennig und einen Wechsel auf Hamburg trug ich noch itzt in meiner Tasche; dazu war ich stattlich angethan: mein Haar fiel auf ein Mäntelchen mit feinem Grauwerk, und der Lütticher Degen fehlte nicht an meiner Hüfte.

Meine Gedanken aber eileten mir voraus; immer sah ich Herrn Gerhardus, meinen edlen großgünstigen Protector, wie er von der Schwelle seines Zimmers mir die Hände würd' entgegenstrecken, mit seinem milden Gruße: „So segne Gott Deinen Eingang, mein Johannes!"

Er hatte einst mit meinem lieben, ach, gar zu früh in die ewige Herrlichkeit genommenen Vater zu Jena die Rechte studiret und war auch

nachmals den Künsten und Wissenschaften mit
Fleiße obgelegen, so daß er dem Hochseligen
Herzog Friedrich bei seinem edlen, wiewol wegen
der Kriegsläufte vergeblichen Bestreben um Er=
richtung einer Landesuniversität ein einsichtiger
und eifriger Berather gewesen. Obschon ein
adeliger Mann, war er meinem lieben Vater
doch stets in Treuen zugethan blieben, hatte auch
nach dessen seligem Hintritt sich meiner ver=
waiseten Jugend mehr, als zu verhoffen, ange=
nommen und nicht allein meine sparsamen Mittel
aufgebessert, sondern auch durch seine fürnehme
Bekanntschaft unter dem Holländischen Adel es
dahin gebracht, daß mein theurer Meister van
der Helft mich zu seinem Schüler angenommen.

Meinte ich doch zu wissen, daß der verehrte
Mann unversehrt auf seinem Herrenhofe sitze;
wofür dem Allmächtigen nicht genug zu danken;
denn, derweilen ich in der Fremde mich der
Kunst beflissen, war daheim die Kriegsgreuel
über das Land gekommen; so zwar, daß die
Truppen, die gegen den kriegswüthigen Schweden

dem Könige zum Beistand hergezogen, fast ärger
als die Feinde selbst gehauset, ja selbst der
Diener Gottes mehrere in jämmerlichen Tod
gebracht. Durch den plötzlichen Hintritt des
Schwedischen Carolus war nun zwar Friede;
aber die grausamen Stapfen des Krieges lagen
überall; manch' Bauern= oder Käthnerhaus, wo
man mich als Knaben mit einem Trunke süßer
Milch bewirthet, hatte ich auf meiner Morgen=
wandrung niedergesenget am Wege liegen sehen
und manches Feld in ödem Unkraut, darauf
sonst um diese Zeit der Roggen seine grünen
Spitzen trieb.

Aber solches beschwerete mich heut nicht all=
zusehr; ich hatte nur Verlangen, wie ich dem
edlen Herrn durch meine Kunst beweisen möchte,
daß er Gab' und Gunst an keinen Unwürdigen
verschwendet habe; dachte auch nicht an Strolche
und verlaufen Gesindel, das vom Kriege her
noch in den Wäldern Umtrieb halten sollte.
Wol aber tückete mich ein Anderes, und das
war der Gedanke an den Junker Wulf. Er

war mir nimmer hold gewesen, hatte wol gar,
was sein edler Vater an mir gethan, als einen
Diebstahl an ihm selber angesehen; und manches
Mal, wenn ich, wie öfters nach meines lieben
Vaters Tode, im Sommer die Vacanz auf dem
Gute zubrachte, hatte er mir die schönen Tage
vergället und versalzen. Ob er anitzt in seines
Vaters Hause sei, war mir nicht kund geworden,
hatte nur vernommen, daß er noch vor dem
Friedensschlusse bei Spiel und Becher mit den
Schwedischen Offiziers Verkehr gehalten, was
mit rechter Holstentreue nicht zu reimen ist.

Indem ich dieß bei mir erwog, war ich aus
dem Buchenwalde in den Richtsteig durch das
Tannenhölzchen geschritten, das schon dem Hofe
nahe liegt. Wie liebliche Erinnerung umhauchte
mich der Würzeduft des Harzes; aber bald trat
ich aus dem Schatten in den vollen Sonnenschein
hinaus; da lagen zu beiden Seiten die mit
Haselbüschen eingehegten Wiesen, und nicht lange,
so wanderte ich zwischen den zwo Reihen gewaltiger Eichbäume, die zum Herrensitz hinaufführen.

Ich weiß nicht, was für ein bang' Gefühl
mich plötzlich überkam, ohn' alle Ursach', wie ich
derzeit dachte; denn es war eitel Sonnenschein
umher, und vom Himmel herab klang ein gar
herzlich und ermunternd Lerchensingen. Und siehe,
dort auf der Koppel, wo der Hofmann seinen
Immenhof hat, stand ja auch noch der alte Holz-
birnenbaum und flüsterte mit seinen jungen
Blättern in der blauen Luft.

„Grüß dich Gott!" sagte ich leis, gedachte
dabei aber weniger des Baumes, als vielmehr
des holden Gottesgeschöpfes, in dem, wie es sich
nachmals fügen mußte, all' Glück und Leid, und
auch all' nagende Buße meines Lebens beschlossen
sein sollte, für jetzt und alle Zeit. Das war des
edlen Herrn Gerhardus Töchterlein, des Junkers
Wulfen einzig Geschwister.

Item, es war bald nach meines lieben Vaters
Tode, als ich zum ersten Mal die ganze Vacanz
hier verbrachte; sie war derzeit ein neunjährig
Dirnlein, die ihre braunen Zöpfe lustig fliegen
ließ; ich zählte um ein paar Jahre weiter. So

trat ich eines Morgens aus dem Thorhaus; der
alte Hofmann Dietrich, der ober der Einfahrt
wohnt, und neben dem als einem getreuen Mann
mir mein Schlafkämmerlein eingeräumt war,
hatte mir einen Eschenbogen zugerichtet, mir auch
die Bolzen von tüchtigem Blei dazu gegossen,
und ich wollte nun auf die Raubvögel, deren
genug bei dem Herrenhaus umherschrieen; da
kam sie vom Hofe auf mich zugesprungen.

„Weißt Du, Johannes,“ sagte sie; „ich zeig'
Dir ein Vogelnest; dort in dem hohlen Birn=
baum; aber das sind Rothschwänzchen, die darfst
Du ja nicht schießen!“

Damit war sie schon wieder vorausgesprungen;
doch eh' sie noch dem Baum auf zwanzig Schritte
nah' gekommen, sah ich sie jählings stille stehn.
„Der Buhz, der Buhz!“ schrie sie und schüttelte
wie entsetzt ihre beiden Händlein in der Luft.

Es war aber ein großer Waldkauz, der ober
dem Loche des hohlen Baumes saß und hinab=
schauete, ob er ein ausfliegend Vögelein erhaschen
möge. „Der Buhz, der Buhz!“ schrie die Kleine

wieder. „Schieß, Johannes, schieß!" — Der
Kauz aber, den die Freßgier taub gemacht, saß
noch immer und stierete in die Hohlung. Da
spannte ich meinen Eschenbogen und schoß, daß
das Raubthier zappelnd auf dem Boden lag;
aus dem Baume aber schwang sich ein zwit=
schernd Vöglein in die Luft.

Seit der Zeit waren Katharina und ich zwei
gute Gesellen miteinander; in Wald und Garten,
wo das Mägdlein war, da war auch ich. Darob
aber mußte mir gar bald ein Feind erstehen;
das war Kurt von der Risch, dessen Vater eine
Stunde davon auf seinem reichen Hofe saß. In
Begleitung seines gelahrten Hofmeisters, mit
dem Herr Gerhardus gern der Unterhaltung pflag,
kam er oftmals auf Besuch; und da er jünger
war, als Junker Wulf, so war er wol auf mich
und Katharinen angewiesen; insonders aber schien
das braune Herrentöchterlein ihm zu gefallen.
Doch war das schier umsonst; sie lachte nur über
seine krumme Vogelnase, die ihm, wie bei fast
Allen des Geschlechtes, unter buschigem Haupt=

haar zwischen zwo merklich runden Augen saß.
Ja, wenn sie seiner nur von fern gewahrte, so
reckte sie wol ihr Köpfchen vor und rief: „Jo=
hannes. der Buhz! der Buhz!" Dann versteckten
wir uns hinter den Scheunen oder rannten wol
auch spornstreichs in den Wald hinein, der sich
in einem Bogen um die Felder und danach wieder
dicht an die Mauern des Gartens hinanzieht.

Darob, als der von der Risch deß inne
wurde, kam es oftmals zwischen uns zum Haar=
raufen, wobei jedoch, da er mehr hitzig denn stark
war, der Vortheil meist in meinen Händen blieb.

Als ich, um von Herrn Gerhardus Urlaub zu
nehmen, vor meiner Ausfahrt in die Fremde
zum letzten Mal, jedoch nur kurze Tage, hier
verweilte, war Katharina schon fast wie eine
Jungfrau; ihr braunes Haar lag itzt in einem
goldnen Netz gefangen; in ihren Augen, wenn
sie die Wimpern hob, war oft ein spielend
Leuchten, das mich schier beklommen machte.
Auch war ein alt' gebrechlich Fräulein ihr zur
Obhut beigegeben, so man im Hause nur „Baſ'

Ursel" nannte; sie ließ das Kind nicht aus den
Augen und ging überall mit einer langen Trico=
tage neben ihr.

Als ich so eines Octobernachmittags im Schat=
ten der Gartenhecken mit Beiden auf und ab
wandelte, kam ein lang aufgeschossener Gesell,
mit spitzenbesetztem Lederwamms und Federhut
ganz à la mode gekleidet, den Gang zu uns
herauf; und siehe da, es war der Junker Kurt,
mein alter Widersacher. Ich merkte allsogleich,
daß er noch immer bei seiner schönen Nachbarin
zu Hose ging; auch, daß insonders dem alten
Fräulein solches zu gefallen schien. Das war
ein „Herr Baron" auf alle Frag' und Antwort;
dabei lachte sie höchst obligeant mit einer widrig
feinen Stimme und hob die Nase unmäßig in
die Luft; mich aber, wenn ich ja ein Wort da=
zwischen gab, nannte sie stetig „Er" oder kurzweg
auch „Johannes", worauf der Junker dann seine
runden Augen einkniff und im Gegentheile that,
als sähe er auf mich herab, obschon ich ihn um
halben Kopfes Länge überragte.

Ich blickte auf Katharinen; die aber kümmerte
sich nicht um mich, sondern ging sittig neben dem
Junker, ihm manierlich Red' und Antwort ge=
bend; den kleinen rothen Mund aber verzog mit=
unter ein spöttisch stolzes Lächeln, so daß ich
dachte: „Getröste Dich, Johannes; der Herren=
sohn schnellt itzo deine Wage in die Luft!"
Trotzig blieb ich zurück und ließ die andern Dreie
vor mir gehen. Als aber diese in das Haus
getreten waren und ich davor noch an Herrn
Gerhardus' Blumenbeeten stand, darüber brütend,
wie ich, gleich wie vormals, mit dem von der
Risch ein tüchtig Haarraufen beginnen möchte,
kam plötzlich Katharina wieder zurückgelaufen,
riß neben mir eine Aster von den Beeten und
flüsterte mir zu: „Johannes, weißt Du was?
Der Buhz sieht einem jungen Adler gleich; Vas'
Ursel hat's gesagt!" Und fort war sie wieder,
eh' ich mich's versah. Mir aber war auf ein=
mal all' Trotz und Zorn wie weggeblasen. Was
kümmerte mich itzund der Herr Baron! Ich lachte
hell und fröhlich in den güldnen Tag hinaus;

denn bei den übermüthigen Worten war wieder
jenes süße Augenspiel gewesen. Aber dieß Mal
hatte es mir gerad' in's Herz geleuchtet.

Bald danach ließ mich Herr Gerhardus auf sein
Zimmer rufen; er zeigte mir auf einer Karte
noch einmal, wie ich die weite Reise nach Amster=
dam zu machen habe, übergab mir Briefe an
seine Freunde dort und sprach dann lange mit
mir, als meines lieben seligen Vaters Freund.
Denn noch selbigen Abends hatte ich zur Stadt
zu gehen, von wo ein Bürger mich auf seinem
Wagen mit nach Hamburg nehmen wollte.

Als nun der Tag hinabging, nahm ich Ab=
schied. Unten im Zimmer saß Katharina an
einem Stickrahmen; ich mußte der Griechischen
Helena gedenken, wie ich sie jüngst in einem
Kupferwerk gesehen: so schön erschien mir der
junge Nacken, den das Mädchen eben über ihre
Arbeit neigte Aber sie war nicht allein; ihr
gegenüber saß Bas' Ursel und las laut aus
einem französischen Geschichtenbuche. Da ich
näher trat, hob sie die Nase nach mir zu: „Nun,

Johannes," sagte sie, „Er will mir wol Abe
sagen! So kann Er auch dem Fräulein gleich
seine Reverenze machen!" — Da war schon
Katharina von ihrer Arbeit aufgestanden; aber,
indem sie mir die Hand reichte, traten die Junker
Wulf und Kurt mit großem Geräusch in's Zim=
mer; und sie sagte nur: „Lebwohl, Johannes!"
Und so ging ich fort.

Im Thorhaus drückte ich dem alten Dieterich
die Hand, der Stab und Ranzen schon für mich
bereit hielt; dann wanderte ich zwischen den
Eichbäumen auf die Waldstraße zu. Aber mir
war dabei, als könne ich nicht recht fort, als
hätt' ich einen Abschied noch zu Gute, und stand
oft still und schaute hinter mich. Ich war auch
nicht den Richtweg durch die Tannen, sondern,
wie von selber, den viel weiteren auf der großen
Fahrstraße hingewandert. Aber schon kam vor
mir das Abendroth überm Wald herauf, und ich
mußte eilen, wenn mich die Nacht nicht überfallen
sollte. „Abe, Katharina, abe!" sagte ich leise
und setzte rüstig meinen Wanderstab in Gang.

Da, an der Stelle, wo der Fußsteig in die
Straße mündet — in stürmender Freude stund
das Herz mir still — plötzlich aus dem Tannen=
dunkel war sie selber da; mit glühenden Wangen
kam sie hergelaufen, sie sprang über den trocknen
Weggraben, daß die Fluth des seidenbraunen
Haars dem güldnen Netz entstürzete; und so
fing ich sie in meinen Armen auf. Mit glän=
zenden Augen, noch mit dem Odem ringend,
schaute sie mich an. „Ich — ich bin ihnen fort=
gelaufen!" stammelte sie endlich; und dann, ein
Päckchen in meine Hand drückend, fügte sie leis
hinzu: „Von mir, Johannes! Und du sollst es
nicht verachten!" Auf einmal aber wurde ihr
Gesichtchen trübe; der kleine schwellende Mund
wollte noch was reden, aber da brach ein Thränen=
quell aus ihren Augen, und wehmüthig ihr
Köpfchen schüttelnd, riß sie sich hastig los. Ich
sah ihr Kleid im finstern Tannensteig verschwin=
den; dann in der Ferne hört' ich noch die Zweige
rauschen, und dann stand ich allein. Es war so
still, die Blätter konnte man fallen hören. Als

ich das Päckchen aus einander faltete, da war's
ihr güldner Pathenpfennig, so sie mir oft ge-
zeiget hatte; ein Zettlein lag dabei, das las ich
nun beim Schein des Abendrothes. „Damit Du
nicht in Noth gerathest," stund darauf geschrieben. — Da streck' ich meine Arme in die leere
Luft: „Ade, Katharina, ade, ade!" wol hundert
Mal rief ich es in den stillen Wald hinein; —
und erst mit sinkender Nacht erreichte ich die Stadt.

— — Seitdem waren fast fünf Jahre dahin-
gegangen. — Wie würd' ich heute Alles wieder-
finden?

Und schon stund ich am Thorhaus, und sah
drunten im Hof die alten Linden, hinter deren
lichtgrünem Laub die beiden Zackengiebel des
Herrenhauses ißt verborgen lagen. Als ich aber
durch den Thorweg gehen wollte, jagten vom
Hofe her zwei fahlgraue Bullenbeißer mit Stachel-
halsbändern gar wild gegen mich heran; sie er-
huben ein erschreckliches Geheul und der eine
sprang auf mich und fletschte seine weißen Zähne
dicht vor meinem Antliß. Solch' einen Will-

kommen hatte ich noch niemalen hier empfangen. Da, zu meinem Glück, rief aus den Kammern ober dem Thore eine rauhe, aber mir gar traute Stimme: „Halloh!" rief sie; „Tartar, Türk!" Die Hunde ließen von mir ab, ich hörte es die Stiege herabkommen, und aus der Thür, so unter dem Thorgang war, trat der alte Dieterich.

Als ich ihn anschaute, sahe ich wol, daß ich lang in der Fremde gewesen sei; denn sein Haar war schloweiß geworden und seine sonst so lustigen Augen blickten gar matt und betrübsam auf mich hin. „Herr Johannes!" sagte er endlich und reichte mir seine beiden Hände.

„Grüß ihn Gott, Dieterich!" entgegnete ich. „Aber seit wann haltet Ihr solche Bluthunde auf dem Hof, die die Gäste anfallen gleich den Wölfen?"

„Ja, Herr Johannes," sagte der Alte, „die hat der Junker hergebracht."

„Ist denn der daheim?"

Der Alte nickte.

„Nun," sagte ich; „die Hunde mögen schon

vonnöthen sein; vom Krieg her ist noch viel verlaufen Volk zurückgeblieben."

„Ach, Herr Johannes!" Und der alte Mann
stund immer noch, als wolle er mich nicht zum
Hof hinauslassen. „Ihr seid in schlimmer Zeit
gekommen!"

Ich sah ihn an, sagte aber nur: „Freilich,
Dieterich; aus mancher Fensterhöhlung schaut
statt des Bauern itzt der Wolf heraus; hab'
dergleichen auch gesehen; aber es ist ja Frieden
worden, und der gute Herr im Schloß wird
helfen, seine Hand ist offen."

Mit diesen Worten wollte ich, obschon die
Hunde mich wieder anknurreten, auf den Hof
hinausgehen; aber der Greis trat mir in den
Weg. „Herr Johannes," rief er, „ehe Ihr
weiter gehet, höret mich an! Euer Brieflein ist
zwar richtig mit der Königlichen Post von Hamburg kommen; aber den rechten Leser hat es
nicht mehr finden können."

„Dieterich!" schrie ich. „Dieterich!"

„— Ja, ja, Herr Johannes! Hier ist die

gute Zeit vorbei; denn unser theurer Herr Gerhardus liegt aufgebahret dort in der Kapellen,
und die Gueridons brennen an seinem Sarge.
Es wird nun anders werden auf dem Hofe;
aber — ich bin ein höriger Mann, mir ziemet
Schweigen.“

Ich wollte fragen: „Ist das Fräulein, ist
Katharina noch im Hause?“ Aber das Wort
wollte nicht über meine Zunge.

Drüben, in einem hinteren Seitenbau des
Herrenhauses war eine kleine Kapelle, die aber,
wie ich wußte, seit lange nicht benutzt war.
Dort also sollte ich Herrn Gerhard suchen.

Ich fragte den alten Hofmann: „Ist die Kapelle offen?“ und als er es bejahete, bat ich ihn,
die Hunde anzuhalten; dann ging ich über den
Hof, wo Niemand mir begegnete; nur einer Gras-
mücke Singen kam oben aus den Lindenwipfeln.

Die Thür zur Kapellen war nur angelehnt,
und leis und gar beklommen trat ich ein. Da
stund der offene Sarg, und die rothe Flamme
der Kerzen warf ihr flackernd Licht auf das edle

Antlitz des geliebten Herrn; die Fremdheit des
Todes, so darauf lag, sagte mir, daß er itzt
eines andern Land's Genosse sei. Indem ich
aber neben dem Leichnam zum Gebete hinknieen
wollte, erhub sich über den Rand des Sarges
mir genüber ein junges blasses Antlitz, das
aus schwarzen Schleiern fast erschrocken auf mich
schaute.

Aber nur, wie ein Hauch verweht, so blickten
die braunen Augen herzlich zu mir auf, und es
war fast wie ein Freudenruf: „O, Johannes,
seid Ihr's denn! Ach, Ihr seid zu spät gekom=
men!" Und über dem Sarge hatten unsere
Hände sich zum Gruß gefaßt; denn es war Ka=
tharina, und sie war so schön geworden, daß
hier im Angesicht des Todes ein heißer Puls
des Lebens mich durchfuhr. Zwar, das spielende
Licht der Augen lag itzt zurückgeschrecket in der
Tiefe; aber aus dem schwarzen Häubchen dräng=
ten sich die braunen Löcklein, und der schwellende
Mund war um so röther in dem blassen Antlitz.

Und fast verwirret auf den Todten schauend

3*

sprach ich: „Wol kam ich in der Hoffnung, an seinem lebenden Bilde ihm mit meiner Kunst zu danken, ihm manche Stunde genüber zu sitzen und sein milb und lehrreich Wort zu hören. Laßt mich denn nun die bald vergehenden Züge festzuhalten suchen."

Und als sie unter Thränen, die über ihre Wangen strömten, stumm zu mir hinüber nickte, setzte ich mich in ein Gestühlte und begann auf einem von den Blättchen, die ich bei mir führte, des Todten Antlitz nachzubilden. Aber meine Hand zitterte; ich weiß nicht, ob alleine vor der Majestät des Todes.

Während dem vernahm ich draußen vom Hofe her eine Stimme, die ich für die des Junker Wulf erkannte; gleich danach schrie ein Hund wie nach einem Fußtritt oder Peitschenhiebe; und dann ein Lachen und einen Fluch von einer andern Stimme, die mir gleicherweise bekannt deuchte.

Als ich auf Katharinen blickte, sah ich sie mit schier entsetzten Augen nach dem Fenster

starren; aber die Stimmen und die Schritte gingen
vorüber. Da erhub sie sich, kam an meine Seite
und sahe zu, wie des Vaters Antlitz unter mei=
nem Stift entstund. Nicht lange, so kam draußen
ein einzelner Schritt zurück; in demselben Augenblick legte Katharina die Hand auf meine Schulter
und ich fühlte, wie ihr junger Körper bebte.

Sogleich auch wurde die Kapellenthür auf=
gerissen; und ich erkannte den Junker Wulf, ob=
schon sein sonsten bleiches Angesicht itzt roth und
aufgedunsen schien.

„Was huckst Du allfort an dem Sarge!"
rief er zu der Schwester. „Der Junker von der
Risch ist da gewesen, uns seine Condolenze zu
bezeigen; Du hätteſt ihm wol den Trunk kre=
denzen mögen!"

Zugleich hatte er meiner wahrgenommen und
bohrete mich mit seinen kleinen Augen an. —
„Wulf," sagte Katharina, indem sie mit mir zu
ihm trat; „es ist Johannes, Wulf."

Der Junker fand nicht vonnöthen, mir die Hand
zu reichen; er musterte nur mein violenfarben

Wamms und meinte: „Du trägst da einen bun-
ten Federbalg; man wird Dich ‚Sieur‘ nun titu-
liren müssen!"

„Nennt mich, wie's Euch gefällt!" sagte ich,
indem wir auf den Hof hinaustraten. „Obschon
mir dorten, von wo ich komme, das ‚Herr‘ vor
meinem Namen nicht gefehlet, — Ihr wißt wol,
Eueres Vaters Sohn hat großes Recht an mir."

Er sah mich was verwundert an, sagte dann
aber nur: „Nun wol, so magst Du zeigen, was
Du für meines Vaters Gold erlernet hast; und
soll dazu der Lohn für Deine Arbeit Dir nicht
verhalten sein."

Ich meinete, was den Lohn anginge, den
hätte ich längst voraus bekommen; da aber der
Junker entgegnete, er werd' es halten, wie sich's
für einen Edelmann gezieme, so fragte ich, was
für Arbeit er mir aufzutragen hätte.

„Du weißt doch," sagte er, und hielt dann
inne, indem er scharf auf seine Schwester blickte —
„wenn eine adelige Tochter das Haus verläßt,
so muß ihr Bild darin zurückbleiben."

Ich fühlte, daß bei diesen Worten Katharina,
die an meiner Seite ging, gleich einer Taumeln-
den nach meinem Mantel haschte; aber ich entgegnete ruhig: „Der Brauch ist mir bekannt;
doch, wie meinet Ihr denn, Junker Wulf?"

„Ich meine," sagte er hart, als ob er einen
Gegenspruch erwarte; „daß Du das Bildniß der
Tochter dieses Hauses malen sollst!"

Mich durchfuhr's fast wie ein Schrecken; weiß
nicht, ob mehr über den Ton oder die Deutung
dieser Worte; dachte auch, zu solchem Beginnen
sei itzt kaum die rechte Zeit.

Da Katharina schwieg, aus ihren Augen
aber ein flehentlicher Blick mir zuflog, so antwortete ich: „Wenn Eure edle Schwester es mir
vergönnen will, so hoffe ich Eueres Vaters Pro-
tection und meines Meisters Lehre keine Schande
anzuthun. Räumet mir nur wieder mein Kämmerlein ober dem Thorweg bei dem alten Dieterich, so soll geschehen, was Ihr wünschet."

Der Junker war das zufrieden, und sagte auch

seiner Schwester, sie möge einen Imbiß für mich
richten lassen.

Ich wollte über den Beginn meiner Arbeit
noch eine Frage thun; aber ich verstummte
wieder, denn über den empfangenen Auftrag
war plötzlich eine Entzückung in mir aufgestiegen,
daß ich fürchtete, sie könne mit jedem Wort her=
vorbrechen. So war ich auch der zwo grimmen
Köter nicht gewahr worden, die dort am Brun=
nen sich auf den heißen Steinen sonnten. Da
wir aber näher kamen, sprangen sie auf und
fuhren mit offenem Rachen gegen mich, daß Ka=
tharina einen Schrei that, der Junker aber einen
schrillen Pfiff, worauf sie heulend ihm zu Füßen
krochen. „Beim Höllenelemente," rief er lachend,
„zwo tolle Kerle; gilt ihnen gleich, ein Sau=
schwanz oder Flandrisch Tuch!"

„Nun, Junker Wulf," — ich konnte der Rede
mich nicht wohl enthalten — „soll ich noch ein=
mal Gast in Eueres Vaters Hause sein, so möget
Ihr Euere Thiere bessere Sitte lehren!"

Er blitzte mich mit seinen kleinen Augen an

und riß sich ein paar Mal in seinen Zwickelbart.
„Das ist nur so ihr Willkommsgruß, Sieur Jo=
hannes;" sagte er dann, indem er sich bückte,
um die Bestien zu streicheln. „Damit Jedweder
wisse, daß ein ander Regiment allhier begonnen;
denn — wer mir in die Quere kommt, den hetz'
ich in des Teufels Rachen!"

Bei den letzten Worten, die er heftig aus=
gestoßen, hatte er sich hoch aufgerichtet; dann
pfiff er seinen Hunden und schritt über den Hof
dem Thore zu.

Ein Weilchen schaute ich hinterdrein; dann
folgte ich Katharinen, die unter dem Linden=
schatten stumm und gesenkten Hauptes die Frei=
treppe zu dem Herrenhaus emporstieg; eben so
schweigend gingen wir mitsammen die breiten
Stufen in das Oberhaus hinauf, allwo wir in
des seligen Herrn Gerhardus Zimmer traten. —
Hier war noch Alles, wie ich es vordem gesehen;
die goldgeblümten Ledertapeten, die Karten an
der Wand, die saubern Pergamentbände auf den
Regalen, über dem Arbeitstische der schöne Wald=

grund von dem älteren Ruysdael — und dann
davor der leere Sessel. Meine Blicke blieben
daran haften; gleich wie drunten in der Kapellen
der Leib des Entschlafenen, so schien auch dieß
Gemach mir itzt entseelet, und, obschon vom Walde
draußen der junge Lenz durch's Fenster leuchtete,
doch gleichsam von der Stille des Todes wie
erfüllet.

Ich hatte auch Katharinen in diesem Augen=
blicke fast vergessen. Da ich mich umwandte,
stand sie schier reglos mitten in dem Zimmer,
und ich sah, wie unter den kleinen Händen, die
sie darauf gepreßt hielt, ihre Brust in ungestümer
Arbeit ging. „Nicht wahr," sagte sie leise, „hier
ist itzt Niemand mehr; Niemand, als mein Bruder
und seine grimmen Hunde?"

„Katharina!" rief ich; „was ist Euch? Was
ist das hier in Eueres Vaters Haus?"

„Was es ist, Johannes?" und fast wild er=
griff sie meine beiden Hände; und ihre jungen
Augen sprühten wie in Zorn und Schmerz.

„Nein, nein; laß erst den Vater in seiner

Gruft zur Ruhe kommen! Aber dann — Du sollst
mein Bild ja malen, Du wirst eine Zeit lang
hier verweilen — dann, Johannes, hilf mir;
um des Todten willen, hilf mir!"

Auf solche Worte, von Mitleid und von Liebe
ganz bezwungen, fiel ich vor der Schönen, Süßen
nieder und schwur ihr mich und alle meine
Kräfte zu. Da lösete sich ein sanfter Thränenquell aus ihren Augen, und wir saßen neben
einander und sprachen lange zu des Entschlafenen
Gedächtniß.

Als wir sodann wieder in das Unterhaus
hinabgingen, fragte ich auch dem alten Fräulein
nach.

„O," sagte Katharina, „Baf' Ursel! Wollt
Ihr sie begrüßen? Ja, die ist auch noch da;
sie hat hier unten ihr Gemach; denn die Treppen
sind ihr schon längsthin zu beschwerlich."

Wir traten also in ein Stübchen, das gegen
den Garten lag, wo auf den Beeten vor den
grünen Heckenwänden so eben die Tulpen aus
der Erde brachen. Baf' Ursel saß, in der schwarzen

Tracht und Krebbhaube nur wie ein schwindend
Häuschen anzuschauen, in einem hohen Sessel
und hatte ein Nonnenspielchen vor sich, das, wie
sie nachmals mir erzählte, der Herr Baron —
nach seines Vaters Ableben war er solches itzund
wirklich — ihr aus Lübeck zur Verehrung mitgebracht.

„So,“ sagte sie, da Katharina mich genannt
hatte, indeß sie behutsam die helfenbeinern Pflöck-
lein umeinander steckte, „ist Er wieder da, Johannes? — Nein, es geht nicht aus! Oh, c'est
un jeu très compliqué!“

Dann warf sie die Pflödlein übereinander
und schauete mich an. „Ei,“ meinte sie; „Er ist
gar stattlich angethan; aber weiß Er denn nicht,
daß Er in ein Trauerhaus getreten ist?“

„Ich weiß es, Fräulein; entgegnete ich; „aber
da ich in das Thor trat, wußte ich es nicht.“

„Nun,“ sagte sie und nickte gar begütigend;
„so eigentlich gehöret Er ja auch nicht zur Diener-
schaft.“

Ueber Katharinens blasses Antlitz flog ein

Lächeln, wodurch ich mich jeder Antwort wol
enthoben halten mochte. Vielmehr rühmte ich
der alten Dame die Anmuth ihres Wohngemaches;
denn auch der Epheu von dem Thürmchen, das
draußen an der Mauer aufstieg, hatte sich nach
dem Fenster hingesponnen und wiegete seine
grünen Ranken vor den Scheiben.

Aber Baß' Ursel meinete, ja, wenn nur nicht
die Nachtigallen wären, die itzt schon wieder an=
hüben mit ihrer Nachtunruhe; sie könne ohnedem
den Schlaf nicht finden; und dann auch sei es
schier zu abgelegen; das Gesinde sei von hier
aus nicht im Aug' zu halten; im Garten draußen
aber passire eben nichts, als etwan, wann der
Gärtnerbursche an den Hecken oder Buxrabatten
putze.

— Und damit hatte der Besuch seine End=
schaft; denn Katharina mahnte, es sei nachgerade
an der Zeit, meinen wegemüden Leib zu stärken.

Ich war nun in meinem Kämmerchen ober
dem Hofthor einlogiret, dem alten Dieterich zur
sondern Freude; denn am Feyerabend saßen wir
auf seiner Tragkist', und ließ ich mir, gleichwie
in der Knabenzeit, von ihm erzählen. Er rauchte
dann wol eine Pfeife Tabak, welche Sitte durch
das Kriegsvolk auch hier in Gang gekommen
war, und holete allerlei Geschichten aus den
Drangsalen, so sie durch die fremden Truppen
auf dem Hof und unten in dem Dorf erleiden
müssen; einmal aber, da ich seine Rede auf das
gute Frölen Katharina gebracht und er erst nicht
hatt' ein Ende finden können, brach er gleichwol
plötzlich ab und schauete mich an.

„Wisset Ihr, Herr Johannes," sagte er, „'s
ist grausam Schad', daß Ihr nicht auch ein
Wappen habet gleich dem von der Risch da
drüben!"

Und da solche Rede mir das Blut in's Gesicht jagete, klopfte er mit seiner harten Hand
mir auf die Schulter, meinend: „Nun, nun,
Herr Johannes; 's war ein dummes Wort von

mir; wir müssen freilich bleiben, wo uns der
Herrgott hingesetzet."

Weiß nicht, ob ich derzeit mit Solchem ein=
verstanden gewesen, fragete aber nur, was der
von der Risch denn itzund für ein Mann ge=
worden.

Der Alte sah mich gar pfiffig an und paßte
aus seinem kurzen Pfeiflein, als ob das theure
Kraut am Feldrain wüchse. „Wollet Ihr's wissen,
Herr Johannes?" begann er dann. „Er gehöret
zu denen muntern Junkern, die im Kieler Umschlag
den Bürgersleuten die Knöpfe von den Häusern
schießen; Ihr möget glauben, er hat treffliche
Pistolen! Auf der Geigen weiß er nicht so gut
zu spielen; da er aber ein lustig Stücklein liebt,
so hat er letzthin den Rathsmusikanten, der
über'm Holstenthore wohnt, um Mitternacht mit
seinem Degen aufgeklopfet, ihm auch nicht Zeit
gelassen, sich Wamms und Hosen anzuthun.
Statt der Sonnen stand aber der Mond am
Himmel, es war octavis trium regum, und fror
Pickelsteine; und hat also der Musikante, den

Junker mit dem Degen hinter sich, im blanken
Hembe vor ihm durch die Gassen geigen müssen!
— — Wollet Ihr mehr noch wissen, Herr Jo=
hannes?"

„— Zu Haus bei ihm freuen sich die Bauern,
wenn der Herrgott sie nicht mit Töchtern gesegnet;
und dennoch — — aber nach seines Vaters Tode
hat er Geld, und unser Junker, Ihr wisset's
wol, hat schon vorher von seinem Erbe auf=
gezehrt."

Ich wußte freilich nun genug; auch hatte
der alte Dietrich schon mit seinem Spruche:
‚Aber ich bin nur ein höriger Mann', seiner
Rede Schluß gemacht.

— — Mit meinem Malgeräth war auch
meine Kleidung aus der Stadt gekommen, wo
ich im goldenen Löwen Alles abgeleget, so daß
ich anitzt, wie es sich ziemete, in dunkler Tracht
einherging. Die Tagesstunden aber wandte ich
zunächst in meinen Nutzen. Nämlich, es befand
sich oben im Herrenhause neben des seligen Herrn
Gemach ein Saal, räumlich und hoch, dessen

Wände faſt völlig von lebensgroßen Bildern
verhänget waren, ſo daß nur noch neben dem
Kamin ein Platz zu zweien offen ſtund. Es waren
das die Voreltern des Herrn Gerhardus, meiſt
ernſt und ſicher blickende Männer und Frauen, mit
einem Antlitz, dem man wol vertrauen konnte;
er ſelbſten in kräftigem Mannesalter und Katharinens frühverſtorbene Mutter machten dann den
Schluß. Die beiden letzten Bilder waren gar
trefflich von unſerem Landsmanne, dem Eider-
ſtedter Georg Ovens, in ſeiner kräftigen Art gemalet; und ich ſuchte nun mit meinem Pinſel
die Züge meines edlen Beſchützers nachzuſchaffen;
zwar in verjüngtem Maaßſtabe und nur mir
ſelber zum Genügen; doch hat es ſpäter zu einem
größeren Bildniß mir gedienet, das noch itzt hier
in meiner einſamen Kammer die theuerſte Geſellſchaft meines Alters iſt. Das Bildniß ſeiner
Tochter aber lebt mit mir in meinem Innern.

Oft, wenn ich die Palette hingelegt, ſtand ich
noch lange vor den ſchönen Bildern. Katharinens
Antlitz fand ich in dem der beiden Eltern wieder:

des Vaters Stirn, der Mutter Liebreiz um die
Lippen; wo aber war hier der harte Mund=
winkel, das kleine Auge des Junker Wulf? —
Das mußte tiefer aus der Vergangenheit herauf=
gekommen sein! Langsam ging ich die Reih'.
der älteren Bildnisse entlang, bis über hundert
Jahre weit hinab. Und siehe, da hing im schwar=
zen, von den Würmern schon zerfressenen Holz=
rahmen ein Bild, vor dem ich schon als Knabe,
als ob's mich hielte, stillgestanden war. Es
stellete eine Edelfrau von etwa vierzig Jahren
vor; die kleinen grauen Augen sahen kalt und
stechend aus dem harten Antlitz, das nur zur
Hälfte zwischen dem weißen Kinntuch und der
Schleierhaube sichtbar wurde. Ein leiser Schauer
überfuhr mich vor der so lang schon heimge=
gangenen Seele; und ich sprach zu mir: „Hier,
diese ist's! Wie räthselhafte Wege gehet die
Natur! Ein saeculum und drüber rinnt es heim=
lich wie unter einer Decke im Blute der Ge=
schlechter fort; dann, längst vergessen, taucht es
plötzlich wieder auf, den Lebenden zum Unheil.

Nicht vor dem Sohn des edlen Gerhardus; vor
dieser hier und ihres Blutes nachgeborenem Spröß=
ling soll ich Katharinen schützen." Und wieder
trat ich vor die beiden jüngsten Bilder, an denen
mein Gemüthe sich erquickte.

So weilte ich derzeit in dem stillen Saale,
wo um mich nur die Sonnenstäublein spielten,
unter den Schatten der Gewesenen.

Katharinen sah ich nur beim Mittagstische,
das alte Fräulein und den Junker Wulf zur
Seiten; aber wofern Bas' Ursel nicht in ihren
hohen Tönen redete, so war es stets ein stumm
und betrübsam Mahl, so daß mir oft der Bissen
im Munde quoll. Nicht die Trauer um den
Abgeschiedenen war deß Ursach, sondern es lag
zwischen Bruder und Schwester, als sei das Tisch=
tuch durchgeschnitten zwischen ihnen. Katharina,
nachdem sie fast die Speisen nicht berührt, ent=
fernte sich allzeit bald, mich kaum nur mit den
Augen grüßend; der Junker aber, wenn ihm die
Laune stund, suchte mich dann beim Trunke fest=
zuhalten; hatte mich also hiegegen und, so ich

4 *

nicht hinaus wollte über mein gestecktes Maaß, überdem wider allerart Flosculn zu wehren, welche gegen mich gespitzet wurden.

Inzwischen, nachdem der Sarg schon mehrere Tage geschlossen gewesen, geschahe die Beisetzung des Herrn Gerhardus drunten in der Kirche des Dorfes, allwo das Erbbegräbniß ist, und wo itzt seine Gebeine bei denen seiner Voreltern ruhen, mit denen der Höchste ihnen dereinst eine fröhliche Urständ wolle bescheeren!

Es waren aber zu solcher Trauerfestlichkeit zwar mancherlei Leute aus der Stadt und den umliegenden Gütern gekommen, von Angehörigen aber fast wenige und auch diese nur entfernte, maaßen der Junker Wulf der Letzte seines Stammes war und des Herrn Gerhardus Ehgemahl nicht hiesigen Geschlechts gewesen; darum es auch geschahe, daß in der Kürze Alle wieder abgezogen sind.

Der Junker drängte nun selbst, daß ich mein aufgetragen Werk begönne, wozu ich droben in dem Bildersaale an einem nach Norden zu

belegenen Fenster mir schon den Platz erwählet
hatte. Zwar kam Bas' Ursel, die wegen ihrer
Gicht die Treppen nicht hinauf konnte, und
meinete, es möge am Besten in ihrer Stuben
oder im Gemach daran geschehen, so sei es uns
beiderseits zur Unterhaltung; ich aber, solcher
Gevatterschaft gar gern entrathend, hatte an der
dortigen Westsonne einen rechten Malergrund
dagegen, und konnte alles Reden ihr nicht nützen.
Vielmehr war ich am andern Morgen schon dabei,
die Nebenfenster des Saales zu verhängen und
die hohe Staffelei zu stellen, so ich mit Hülfe
Dieterichs mir selber in den letzten Tagen an=
gefertigt.

Als ich eben den Blendrahmen mit der Leine=
wand darauf gelegt, öffnete sich die Thür aus
Herrn Gerhardus' Zimmer, und Katharina trat
herein. — Aus was für Ursach', wäre schwer zu
sagen; aber ich empfand, daß wir uns diesmal
fast erschrocken gegenüberstanden; aus der schwar=
zen Kleidung, die sie nicht abgeleget, schaute das
junge Antlitz in gar süßer Verwirrung zu mir auf.

„Katharina," sagte ich, „Ihr wisset, ich soll
Euer Bildniß malen; duldet Ihr's auch gern?"

Da zog ein Schleier über ihre braunen Augensterne und sie sagte leise: „Warum doch fragt
Ihr so, Johannes?"

Wie ein Thau des Glückes sank es in mein
Herz. „Nein, nein, Katharina! Aber sagt, was
ist, worin kann ich Euch dienen? — Setzet Euch,
damit wir nicht so müßig überrascht werden,
und dann sprecht! Oder vielmehr, ich weiß es
schon. Ihr braucht mir's nicht zu sagen!"

Aber sie setzte sich nicht, sie trat zu mir heran.
„Denket Ihr noch, Johannes, wie Ihr einst den
Buhz mit Euerem Bogen niederschosset? Das
thut diesmal nicht noth, obschon er wieder ob
dem Neste lauert; denn ich bin kein Vöglein, das
sich von ihm zerreißen läßt. Aber, Johannes, —
ich habe einen Blutsfreund! — Hilf mir wider
den!"

„Ihr meinet Eueren Bruder, Katharina!"

— „Ich habe keinen andern. — — Dem
Manne, den ich hasse, will er mich zum Weibe

geben! Während unseres Vaters langem Siech-
bett habe ich den schändlichen Kampf mit ihm
gestritten, und erst an seinem Sarg hab' ich's
ihm abgetrotzt, daß ich in Ruhe um den Vater
trauern mag; aber ich weiß, auch das wird er
nicht halten."

Ich gedachte eines Stiftsfräuleins zu Preetz,
Herrn Gerhardus' einzigen Geschwisters, und meinete, ob sie nicht um Schutz und Zuflucht anzu-
gehen sei.

Katharina nickte. „Wollt Ihr mein Bote
sein, Johannes? — Geschrieben habe ich ihr
schon, aber in Wulf's Hände kam die Antwort,
und auch erfahren habe ich sie nicht; nur die
ausbrechende Wuth meines Bruders, die selbst
das Ohr des Sterbenden erfüllet hätte, wenn es
noch offen gewesen wäre für den Schall der
Welt; aber der gnädige Gott hatte das geliebte
Haupt schon mit dem letzten Erdenschlummer zu-
gedecket."

Katharina hatte sich nun doch auf meine
Bitte mir genüber gesetzet, und ich begann

die Umriſſe auf die Leinewand zu zeichnen. So
kamen wir zu ruhiger Berathung; und da ich,
wenn die Arbeit weiter vorgeſchritten, nach Ham=
burg mußte, um bei dem Holzſchnitzer einen Rah=
men zu beſtellen, ſo ſtelleten wir feſt, daß ich
alsdann den Umweg über Preetz nähme und
alſo meine Botſchaft ausrichtete. Zunächſt jedoch
ſei emſig an dem Werk zu fördern.

～～～～～

Es iſt gar oft ein ſeltſam Widerſpiel im
Menſchenherzen. Der Junker mußte es ſchon
wiſſen, daß ich zu ſeiner Schweſter ſtand; gleich=
wol — hieß nun ſein Stolz ihn mich gering zu
ſchätzen oder glaubte er mit ſeiner erſten Drohung
mich genug geſchrecket — was ich beſorget, traf
nicht ein; Katharina und ich waren am erſten
wie an den andern Tagen von ihm ungeſtöret.
Einmal zwar trat er ein und ſchalt mit Katha=
rinen wegen ihrer Trauerkleidung, warf aber
dann die Thür hinter ſich, und wir hörten ihn
bald auf dem Hofe ein Reiterſtücklein pfeifen.

Ein ander Mal noch hatte er den von der Risch an seiner Seite. Da Katharina eine heftige Bewegung machte, bat ich sie, auf ihrem Platz zu bleiben, und malete ruhig weiter. Seit dem Begräbnißtage, wo ich einen fremden Gruß mit ihm getauschet, hatte der Junker Kurt sich auf dem Hofe nicht gezeigt; nun trat er näher und beschauete das Bild und redete gar schöne Worte, meinete aber auch, weßhalb das Fräulein sich so sehr vermummet und nicht vielmehr ihr seidig Haar in seinen Locken auf den Nacken habe wallen lassen; wie es ein Engelländischer Poet so trefflich ausgedrücket, „rückwärts den Winden leichte Küsse werfend?" Katharina aber, die bisher geschwiegen, wies auf Herrn Gerhardus' Bild und sagte: „Ihr wisset wol nicht mehr, daß das mein Vater war!"

Was Junker Kurt hierauf entgegnete, ist mir nicht mehr erinnerlich; meine Person aber schien ihm ganz nicht gegenwärtig oder doch nur gleich einer Maschine, wodurch ein Bild sich auf die Leinewand malete. Von letzterem begann er

über meinen Kopf hin dies und jenes noch zu
reden; da aber Katharina nicht mehr Antwort
gab, so nahm er alsbald seinen Urlaub, der
Dame angenehme Kurzweil wünschend.

Bei diesem Wort jedennoch sah ich aus seinen
Augen einen raschen Blick gleich einer Messer-
spitzen nach mir zücken.

— — Wir hatten nun weitere Störniß nicht
zu leiden, und mit der Jahreszeit rückte auch die
Arbeit vor. Schon stand auf den Waldkoppeln
draußen der Roggen in silbergrauem Bluhst und
unten im Garten brachen schon die Rosen auf;
wir beide aber — ich mag es heut wol nieder-
schreiben — wir hätten itzund die Zeit gern stille
stehen lassen; an meine Botenreise wagten, auch
nur mit einem Wörtlein, weder sie noch ich zu
rühren. Was wir gesprochen, wüßte ich kaum
zu sagen; nur daß ich von meinem Leben in der
Fremde ihr erzählte und wie ich immer heim-
gedacht; auch daß ihr güldener Pfennig mich in
Krankheit einst vor Noth bewahrt, wie sie in
ihrem Kinderherzen es damals fürgesorget, und

wie ich später dann gestrebt und mich geängstet,
bis ich das Kleinod aus dem Leihhaus mir zurück=
gewonnen hatte. Dann lächelte sie glücklich; und
babei blühete aus dem dunkeln Grund des Bildes
immer süßer das holde Antlitz auf; mir schien's,
als sei es kaum mein eigenes Werk. — Mit=
unter war's, als schaue mich etwas heiß aus
ihren Augen an; doch wollte ich es dann faffen,
so floh es scheu zurück; und dennoch floß es durch
den Pinfel heimlich auf die Leinewand, so daß
mir felber kaum bewußt ein finneberückend Bild
entstand, wie nie zuvor und nie nachher ein
solches aus meiner Hand gegangen ist. — —
Und endlich war's doch an der Zeit und fest=
gefetzet, am andern Morgen sollte ich meine Reise
antreten.

Als Katharina mir den Brief an ihre Bafe
eingehändiget, faß sie noch einmal mir genüber.
Es wurde heute mit Worten nicht gespielet; wir
sprachen ernst und sorgenvoll mitsammen; in=
deffen fetzete ich noch hie und da den Pinfel an,
mitunter meine Blicke auf die schweigende Gefell=

schaft an den Wänden werfend, deren ich in Katharinens Gegenwart sonst kaum gedacht hatte.

Da, unter dem Malen, fiel mein Auge auch auf jenes alte Frauenbildniß, das mir zur Seite hing und aus den weißen Schleiertüchern die stechend grauen Augen auf mich gerichtet hielt. Mich fröstelte, ich hätte nahezu den Stuhl ver= rückt.

Aber Katharinens süße Stimme drang mir in das Ohr: „Ihr seid ja fast erbleichet; was flog Euch über's Herz, Johannes?"

Ich zeigte mit dem Pinsel auf das Bild. „Kennet ihr die, Katharine? Diese Augen haben hier all' die Tage auf uns hingesehen."

„Die da? — Vor der hab' ich schon als Kind eine Furcht gehabt, und gar bei Tage bin ich oft wie blind hier durchgelaufen. Es ist die Gemahlin eines früheren Gerhardus; vor weit über hundert Jahren hat sie hier gehauset."

„Sie gleicht nicht Euerer schönen Mutter," entgegnete ich; „dies Antlitz hat wol vermocht, einer jeden Bitte nein zu sagen."

Katharina sah gar ernst zu mir herüber. „So heißt's auch,". sagte sie; „sie soll ihr einzig Kind verfluchet haben; am andern Morgen aber hat man das blasse Fräulein aus einem Garten= teich gezogen, der nachmals zugedämmet ist. Hinter den Hecken, dem Walde zu, soll es ge= wesen sein."

„Ich weiß, Katharina; es wachsen heut noch Schachtelhalm und Binsen aus dem Boden."

„Wisset Ihr denn auch, Johannes, daß eine unseres Geschlechtes sich noch immer zeigen soll, sobald dem Hause Unheil droht? Man sieht sie erst hier an den Fenstern gleiten, dann draußen in dem Gartensumpf verschwinden."

Ohnwillens wandten meine Augen sich wieder auf die unbeweglichen des Bildes. „Und weß= halb," fragte ich, „verfluchte sie ihr Kind?"

„Weßhalb?" — Katharina zögerte ein Weil= chen und blickte mich fast verwirret an mit allem ihrem Liebreiz. „Ich glaub', sie wollte den Vetter ihrer Mutter nicht zum Ehgemäl."

— „War's denn ein gar so übler Mann?"

Ein Blick faſt wie ein Flehen flog zu mir
herüber, und tiefes Roſenroth bedeckte ihr Antlitz.
„Ich weiß nicht,“ ſagte ſie beklommen; und leiſer,
daß ich's kaum vernehmen mochte, ſetzte ſie hinzu:
„Es heißt, ſie hab' einen Andern lieb gehabt;
der war nicht ihres Standes.“

Ich hatte den Pinſel ſinken laſſen; denn ſie
ſaß vor mir mit geſenkten Blicken; wenn nicht
die kleine Hand ſich leis aus ihrem Schooße auf
ihr Herz geleget, ſo wäre ſie ſelber wie ein leb=
los Bild geweſen.

So hold es war, ich ſprach doch endlich:
„So kann ich ja nicht malen; wollet Ihr mich
nicht anſehen, Katharina?“

Und als ſie nun die Wimpern von den
braunen Augenſternen hob, da war kein Hehlens
mehr; heiß und offen ging der Strahl zu meinem
Herzen. „Katharina!“ Ich war aufgeſprungen.
„Hätte jene Frau auch Dich verflucht?“

Sie athmete tief auf. „Auch mich, Johannes!“ — Da lag ihr Haupt an meiner Bruſt,
und feſt umſchloſſen ſtanden wir vor dem Bild

der Ahnfrau, die kalt und feindlich auf uns
niederschaute.

Aber Katharina zog mich leise fort. „Laß
uns nicht trotzen, mein Johannes!" sagte sie. —
Mit Selbigem hörte ich im Treppenhause ein
Geräusch, und war es, als wenn etwas mit
dreien Beinen sich mühselig die Stiegen herauf=
arbeitete. Als Katharina und ich uns deshalb
wieder an unsern Platz gesetzet und ich Pinsel
und Palette zur Hand genommen hatte, öffnete
sich die Thür, und Baß' Ursel, die wir wol zu=
letzt erwartet hätten, kam an ihrem Stock herein=
gehustet. „Ich höre," sagte sie, „Er will nach
Hamburg, um den Rahmen zu besorgen: da muß
ich mir nachgerade doch Sein Werk besehen!"

Es ist wol männiglich bekannt, daß alte
Jungfrauen in Liebessachen die allerfeinsten Sinne
haben und so der jungen Welt gar oft Bedrang
und Trübsal bringen. Als Baß' Ursel auf Ka=
tharinens Bild, das sie bislang noch nicht ge=
sehen, kaum einen Blick geworfen hatte, zuckte
sie gar stolz empor mit ihrem runzeligen Angesicht

und frug mich allsogleich: „Hat denn das Fräu=
lein Ihn so angesehen, als wie sie da im Bilde
sitzet?"

Ich entgegnete, es sei ja eben die Kunst der
edlen Malerei, nicht bloß die Abschrift des Ge=
sichts zu geben. Aber schon mußte an unsern
Augen oder Wangen ihr Sonderliches aufgefallen
sein, denn ihre Blicke gingen sprühend hin und
wieder: „Die Arbeit ist wol bald am Ende?"
sagte sie dann mit ihrer höchsten Stimme.
„Deine Augen haben kranken Glanz, Katharina;
das lange Sitzen hat Dir nicht wohl gedienet."

Ich entgegnete, das Bild sei bald vollendet,
nur an dem Gewande sei noch hie und da zu
schaffen.

„Nun, da braucht Er wol des Fräuleins
Gegenwart nicht mehr dazu! — Komm, Katha=
rina, Dein Arm ist besser, als der dumme Stecken
hier!"

Und so mußt' ich von der dürren Alten
meines Herzens holdselig Kleinod mir entführen
sehen, da ich es eben mir gewonnen glaubte;

kaum daß die braunen Augen mir noch einen
stummen Abschied senden konnten.

~~~~~~~~

Am andern Morgen, am Montage vor Jo-
hannis, trat ich meine Reise an. Auf einem
Gaule, den Dieterich mir besorget, trabte ich in
der Frühe aus dem Thorweg; als ich durch die
Tannen ritt, brach einer von des Junkers Hunden
herfür und fuhr meinem Thiere nach den Flechsen,
wann schon selbiges aus ihrem eigenen Stalle
war; aber der oben im Sattel saß, schien ihnen
allzeit noch verdächtig. Kamen gleichwol ohne
Blessur davon, ich und der Gaul, und langeten
Abends bei guter Zeit in Hamburg an. Am
andern Vormittage machte ich mich auf und befand auch bald einen Schnitzer, so der Bilder-
leisten viele fertig hatte, daß man sie nur zu-
sammenzustellen und in den Ecken die Zierrathen
darauf zu thun brauchte. Wurden also handels-
einig, und versprach der Meister, mir das Alles
wohlverpacket nachzusenden.

Nun war zwar in der berühmten Stadt vor
einen Neubegierigen gar Vieles zu beschauen:
so in der Schiffer-Gesellschaft des Seeräubern
Störtebeker silberner Becher, welcher das zweite
Wahrzeichen der Stadt genennet wird, und ohne
den gesehen zu haben, wie es in einem Buche
heißet, Niemand sagen dürfe, daß er in Hamburg
sei gewesen; sodann auch der Wunderfisch mit
eines Adlers richtigen Krallen und Fluchten, so
eben um diese Zeit in der Elbe war gefangen
worden und den die Hamburger, wie ich nach-
malen hörete, auf einen Seesieg wider die tür-
kischen Piraten deuteten; allein, obschon ein
rechter Reisender solcherlei Seltsamkeiten nicht
vorbeigehen soll, so war doch mein Gemüthe,
beides, von Sorge und von Herzenssehnen, allzu-
sehr beschweret. Derohalben, nachdem ich bei
einem Kaufherrn noch meinen Wechsel umgesetzet
und in meiner Nachtherbergen Richtigkeit getroffen
hatte, bestieg ich um Mittage wieder meinen
Gaul und hatte allsobald allen Lärmen des
großen Hamburg hinter mir.

Am Nachmittage danach langete ich in Preetz
an, meldete mich im Stifte bei der hochwürdigen
Dame und wurde auch alsbald vorgelassen. Ich
erkannte in ihrer stattlichen Person allsogleich die
Schwester meines theueren seligen Herrn Gerhardus; nur, wie es sich an unverehelichten
Frauen oftmals zeiget, waren die Züge des
Antlizes gleichwol strenger, als die des Bruders.
Ich hatte, selbst nachdem ich Katharinens Schreiben überreichet, ein lang und hart Examen zu
bestehen; dann aber verhieß sie ihren Beistand
und setzete sich zu ihrem Schreibgeräthe, indeß
die Magd mich in ein ander Zimmer führen
mußte, allwo man mich gar wohl bewirthete.

Es war schon spät am Nachmittage, da ich
wieder fortritt; doch rechnete ich, obschon mein
Gaul die vielen Meilen hinter uns bereits ver-
spürete, noch gegen Mitternacht beim alten Dieterich anzuklopfen. — Das Schreiben, das die
alte Dame mir für Katharinen mitgegeben, trug
ich wohlverwahret in einem Ledertäschlein unterm
Wammse auf der Brust. So ritt ich fürbaß in

5 *

die aufsteigende Dämmerung hinein; gar bald
an sie, die Eine, nur gedenkend, und immer
wieder mein Herz mit neuen lieblichen Gedanken
schreckend.

Es war aber eine lauwarme Juninacht; von
den dunkelen Feldern erhub sich der Ruch der
Wiesenblumen, aus den Knicken duftete das Geiß-
blatt; in Luft und Laub schwebete ungesehen das
kleine Nachtgeziefer oder flog auch wol surrend
meinem schnaubenden Gaule an die Nüstern;
droben aber an der blauschwarzen ungeheueren
Himmelsglocke über mir strahlte im Süd-Ost das
Sternenbild des Schwanes in seiner unberührten
Herrlichkeit.

Da ich endlich wieder auf Herrn Gerhardus'
Grund und Boden war, resolvirte ich mich sofort,
noch nach dem Dorfe hinüberzureiten, welches
seitwärts von der Fahrstraßen hinterm Wald
belegen ist. Denn ich gedachte, daß der Krüger
Hans Ottsen einen paßlichen Handwagen habe;
mit dem solle er morgen einen Boten in die
Stadt schicken, um die Hamburger Kiste für mich

abzuholen; ich aber wollte nur an sein Kammerfenster klopfen, um ihm solches zu bestellen.

Also ritte ich am Waldesrande hin, die Augen
fast verwirret von den grünlichen Johannis-
fünkchen, die mit ihren spielerischen Lichtern mich
hier umflogen. Und schon ragete groß und
finster die Kirche vor mir auf, in deren Mauern
Herr Gerhardus bei den Seinen ruhte; ich hörte,
wie im Thurm so eben der Hammer ausholete,
und von der Glocken scholl die Mitternacht in's
Dorf hinunter. „Aber sie schlafen Alle;" sprach
ich bei mir selber, „die Todten in der Kirchen
oder unter dem hohen Sternenhimmel hieneben
auf dem Kirchhof, die Lebenden noch unter den
niedern Dächern, die dort stumm und dunkel vor
Dir liegen." So ritt ich weiter. Als ich jedoch
an den Teich kam, von wo aus man Hans Ottsens Krug gewahren kann, sahe ich von dorten
einen dunstigen Lichtschein auf den Weg hinaus-
brechen, und Fiedeln und Klarinetten schalleten
mir entgegen.

Da ich gleichwol mit dem Wirthe reden wollte,

so ritt ich herzu und brachte meinen Gaul im
Stalle unter. Als ich danach auf die Tenne
trat, war es gedrangvoll von Menschen, Män=
nern und Weibern, und ein Geschrei und wüst'
Getreibe, wie ich solches, auch beim Tanz, in
früheren Jahren nicht vermerket. Der Schein
der Unschlittkerzen, so unter einem Balken auf
einem Kreuzholz schwebten, hob manch' bärtig
und verhauen Antlitz aus dem Dunkel, dem man
lieber nicht allein im Wald begegnet wäre. —
Aber nicht nur Strolche und Bauernbursche schie=
nen hier sich zu vergnügen; bei den Musikanten,
die drüben vor der Döns auf ihren Tonnen
saßen, stund der Junker von der Risch; er hatte
seinen Mantel über dem einen Arm, an dem
andern hing ihm eine derbe Dirne. Aber das
Stücklein schien ihm nicht zu gefallen; denn er
riß dem Fiedler seine Geigen aus den Händen,
warf eine Hand voll Münzen auf seine Tonne
und verlangte, daß sie ihm den neumodischen
Zweitritt aufspielen sollten. Als dann die Mu=
sikanten ihm gar rasch gehorchten und wie toll

die neue Weise klingen ließen, schrie er nach
Platz und schwang sich in den dichten Haufen;
und die Bauerburschen glotzten drauf hin, wie
ihm die Dirne im Arme lag, gleich einer Tauben
vor dem Geier.

Ich aber wandte mich ab und trat hinten in
die Stube, um mit dem Wirth zu reden. Da
saß der Junker Wulf beim Kruge Wein und
hatte den alten Ottsen neben sich, welchen er
mit allerhand Späßen in Bedrängniß brachte;
so drohete er, ihm seinen Zins zu steigern, und
schüttelte sich vor Lachen, wenn der geängstete
Mann gar jämmerlich um Gnad' und Nachsicht
supplicirte. — Da er mich gewahr worden, ließ
er nicht ab, bis ich selb dritt mich an den Tisch
gesetzet; frug nach meiner Reise und ob ich in
Hamburg mich auch wol vergnüget; ich aber
antwortete nur, ich käme eben von dort zurück,
und werde der Rahmen in Kürze in der Stadt
eintreffen, von wo Hans Ottsen ihn mit seinem
Handwäglein leichtlich möge holen lassen.

Indeß ich mit Letzterem solches nun verhan-

belte, kam auch der von der Risch hereingestürmet
und schrie dem Wirthe zu, ihm einen kühlen
Trunk zu schaffen. Der Junker Wulf aber, dem
bereits die Zunge schwer im Munde wühlete,
faßte ihn am Arm und riß ihn auf den leeren
Stuhl hernieder.

„Nun Kurt!" rief er. „Bist Du noch nicht
satt von Deinen Dirnen! Was soll die Katha=
rina dazu sagen? Komm, machen wir alamode
ein ehrbar hazard mitsammen!" Dabei hatte er
ein Kartenspiel unterm Wamms hervorgezogen.
„Allons donc! — Dix et dame! — dame et
valet!"

Ich stand noch und sah dem Spiele zu, so
dermalen eben Mode worden; nur wünschend,
daß die Nacht vergehen und der Morgen kommen
möchte. — Der Trunkene schien aber dieses Mal
des Nüchternen Uebermann; dem von der Risch
schlug nach einander jede Karte fehl.

„Tröste Dich Kurt!" sagte der Junker Wulf,
indeß er schmunzelnd die Speciesthaler auf einen
Haufen scharrte:

„Glück in der Lieb'
Und Glück im Spiel,
Bedenk, für Einen
Ist's zuviel!

Laß den Maler Dir hier von Deiner schönen Braut erzählen! Der weiß sie auswendig; da kriegst Du's nach der Kunst zu wissen."

Dem Andern, wie mir am besten kund war, mochte aber noch nicht viel von Liebesglück bewußt sein; denn er schlug fluchend auf den Tisch und sah gar grimmig auf mich her.

„Ei, Du bist eifersüchtig, Kurt;" sagte der Junker Wulf vergnüglich, als ob er jedes Wort auf seiner schweren Zunge schmeckete; „aber getröste Dich, der Rahmen ist schon fertig zu dem Bilde; Dein Freund der Maler kommt eben erst von Hamburg."

Bei diesem Worte sahe ich den von der Risch aufzucken gleich einem Spürhund bei der Witterung. „Von Hamburg heut? — So muß er Fausti Mantel sich bedienet haben; denn mein Reitknecht sah ihn heut zu Mittag noch in

Preetz! Im Stift, bei Deiner Base ist er auf
Besuch gewesen."

Meine Hand fuhr unversehens nach der Brust,
wo ich das Täschlein mit dem Brief verwahret
hatte; denn die trunkenen Augen des Junkers
Wulf lagen auf mir; und war mir's nicht anders, als sähe er damit mein ganz Geheimniß
offen vor sich liegen. Es währete auch nicht
lange, so flogen die Karten klatschend auf den
Tisch. „Oho!" schrie er. „Im Stift, bei meiner
Base! Du treibst wol gar doppelt Handwerk,
Bursch! Wer hat Dich auf den Botengang ge-
schickt?"

„Ihr nicht, Junker Wulf!" entgegnet' ich;
„und das muß Euch genug sein!" — Ich wollt'
nach meinem Degen greifen; aber er war nicht
da; fiel mir auch bei nun, daß ich ihn an den
Sattelknopf gehänget, da ich vorhin den Gaul
zu Stalle brachte.

Und schon schrie der Junker wieder zu seinem
jüngeren Kumpan: „Reiß ihm das Wamms auf,
Kurt! Es gilt den blanken Haufen hier, Du

findest eine saubere Briefschaft, die Du ungern
möchtest bestellet sehen!"

Im selbigen Augenblick fühlte ich auch schon
die Hände des von der Risch an meinem Leibe,
und ein wüthend Ringen zwischen uns begann.
Ich fühlte wol, daß ich so leicht, wie in der
Bubenzeit, ihm nicht mehr über würde; da aber
fügete es sich zu meinem Glücke, daß ich ihm
beide Handgelenke packte, und er also wie ge=
fesselt vor mir stund. Es hatte keiner von uns
ein Wort dabei verlauten lassen; als wir uns
aber itzund in die Augen sahen, da wußte Jeder
wol, daß er's mit seinem Todtfeind vor sich habe.

Solches schien auch der Junker Wulf zu
meinen; er strebte von seinem Stuhl empor, als
wolle er dem von der Risch zu Hülfe kommen;
mochte aber zu viel des Weins genossen haben,
denn er taumelte auf seinen Platz zurück. Da
schrie er, so laut seine lallende Zung es noch
vermochte: „He, Tartar! Türk! Wo steckt ihr!
Tartar, Türk!" Und ich wußte nun, daß die
zwo grimmen Köter, so ich vorhin auf der Tenne

an dem Ausschank hatte lungern sehen, mir an
die nackte Kehle springen sollten. Schon hörete
ich sie durch das Getümmel der Tanzenden daher
schnaufen, da riß ich mit einem Rucke jählings
meinen Feind zu Boden, sprang dann durch eine
Seitenthür aus dem Zimmer, die ich schmetternd
hinter mir zuwarf, und gewann also das Freie.

Und um mich her war plötzlich wieder die
stille Nacht und Mond= und Sternenschimmer.
In den Stall zu meinem Gaul wagt' ich nicht
erst zu gehen, sondern sprang flugs über einen
Wall und lief über das Feld dem Walde zu.
Da ich ihn bald erreichet, suchte ich die Richtung
nach dem Herrenhofe einzuhalten; denn es zieht
sich die Holzung bis hart zur Gartenmauer.
Zwar war die Helle der Himmelslichter hier
durch das Laub der Bäume ausgeschlossen; aber
meine Augen wurden der Dunkelheit gar bald
gewohnt, und da ich das Täschlein sicher unter
meinem Wammse fühlte, so tappte ich rüstig vor=
wärts; denn ich gedachte den Rest der Nacht
noch einmal in meiner Kammer auszuruhen, dann

aber mit dem alten Dieterich zu berathen, was allfort geschehen solle; maaßen ich wol sahe, daß meines Bleibens hier nicht fürder sei.

Bisweilen stund ich auch und horchte; aber ich mochte bei meinem Abgang wol die Thür in's Schloß geworfen und so einen guten Vorsprung mir gewonnen haben: von den Hunden war kein Laut vernehmbar. Wol aber, da ich eben aus dem Schatten auf eine vom Mond erhellete Lichtung trat, hörete ich nicht gar fern die Nachtigallen schlagen; und von wo ich ihren Schall hörte, dahin richtete ich meine Schritte; denn mir war wohl bewußt, sie hatten hier herum nur in den Hecken des Herrengartens ihre Nester; erkannte nun auch, wo ich mich befand, und daß ich bis zum Hofe nicht gar weit mehr hatte.

Ging also dem lieblichen Schallen nach, das immer heller vor mir aus dem Dunkel drang. Da plötzlich schlug was Anderes an mein Ohr, das jählings näher kam und mir das Blut erstarren machte. Nicht zweifeln konnt' ich mehr, die Hunde brachen durch das Unterholz; sie

hielten feſt auf meiner Spur, und ſchon hörete
ich deutlich hinter mir ihr Schnaufen und ihre
gewaltigen Sätze in dem dürren Laub des Wald=
bodens. Aber Gott gab mir ſeinen gnädigen
Schutz; aus dem Schatten der Bäume ſtürzte ich
gegen die Gartenmauer und an eines Flieder=
baums Geäſte ſchwang ich mich hinüber. — Da
ſangen hier im Garten immer noch die Nachti=
gallen; die Buchenhecken warfen tiefe Schatten.
In ſolcher Mondnacht war ich einſt vor meiner
Ausfahrt in die Welt mit Herrn Gerhardus hier
gewandelt. „Sieh Dir's noch einmal an, Jo=
hannes!" hatte dermalen er geſprochen; „es
könnt' geſchehen, daß Du bei Deiner Heimkehr
mich nicht daheim mehr fändeſt, und daß als=
dann ein Willkomm nicht für Dich am Thor ge=
ſchrieben ſtünde; — ich aber möcht' nicht, daß
Du dieſe Stätte hier vergäßeſt."

Das flog mir itzund durch den Sinn, und
ich mußte bitter lachen; denn nun war ich hier
als ein gehetzet Wild; und ſchon hörete ich die
Hunde des Junker Wulf gar grimmig draußen

an der Gartenmauer rennen. Selbige aber war,
wie ich noch Tags zuvor gesehen, nicht überall
so hoch, daß nicht das wüthige Gethier hinüber
konnte; und rings im Garten war kein Baum,
nichts als die dichten Hecken und drüben gegen
das Haus die Blumenbeete des seligen Herrn.
Da, als eben das Bellen der Hunde wie ein
Triumphgeheule innerhalb der Gartenmauer scholl,
ersahe ich in meiner Noth den alten Epheu-
Baum, der sich mit starkem Stamme an dem
Thurm hinaufreckt; und da dann die Hunde aus
den Hecken auf den mondhellen Platz hinaus-
raseten, war ich schon hoch genug, daß sie mit
ihrem Anspringen mich nicht mehr erreichen konnten; nur meinen Mantel, so von der Schulter
geglitten, hatten sie mit ihren Zähnen mir herab-
gerissen.

Ich aber, also angeklammert und fürchtend,
es werde das nach oben schwächere Geäste mich
auf die Dauer nicht ertragen, blickte suchend um
mich, ob ich nicht irgend bessern Halt gewinnen
möchte; aber es war nichts zu sehen, als die

dunklen Epheublätter um mich her. — Da, in
solcher Noth, hörete ich ober mir ein Fenster
öffnen, und eine Stimme scholl zu mir herab —
möcht' ich sie wieder hören, wenn Du, mein
Gott, mich bald nun rufen läßt aus diesem
Erdenthal! — „Johannes!“ rief sie; leis doch
deutlich hörete ich meinen Namen, und ich klet-
terte höher an dem immer schwächeren Gezweige,
indeß die schlafenden Vögel um mich auffuhren,
und die Hunde von unten ein Geheul herauf-
stießen. — „Katharina! Bist Du es wirklich,
Katharina?“

Aber schon kam ein zitternd Händlein zu mir
herab und zog mich gegen das offene Fenster;
und ich sah in ihre Augen, die voll Entsetzen in
die Tiefe starrten.

„Komm!“ sagte sie. „Sie werden Dich zerreißen.“ Da schwang ich mich in ihre Kammer. —
Doch als ich drinnen war, ließ mich das Händlein
los, und Katharina sank auf einen Sessel, so am
Fenster stund, und hatte ihre Augen dicht geschlossen. Die dicken Flechten ihres Haares lagen

über dem weißen Nachtgewand bis in den Schooß
hinab; der Mond, der draußen die Gartenhecken
überstiegen hatte, schien voll herein und zeigete
mir Alles. Ich stund wie fest gezaubert vor
ihr; so lieblich fremde und doch so ganz mein
eigen schien sie mir; nur meine Augen tranken
sich satt an all' der Schönheit. Erst als ein
Seufzen ihre Brust erhob, sprach ich zu ihr:
„Katharina, liebe Katharina, träumet Ihr denn?"

Da flog ein schmerzlich Lächeln über ihr
Gesicht: „Ich glaub' wol fast, Johannes! —
Das Leben ist so hart; der Traum ist süß!"

Als aber von unten aus dem Garten das
Geheul auf's Neu heraufkam, fuhr sie erschreckt
empor. „Die Hunde, Johannes!" rief sie. „Was
ist das mit den Hunden?"

„Katharina," sagte ich, „wenn ich Euch dienen
soll, so glaub' ich, es muß bald geschehen; denn
es fehlt viel, daß ich noch einmal durch die Thür
in dieses Haus gelangen sollte." Dabei hatte ich
den Brief aus meinem Täschlein hervorgezogen

und erzählete auch, wie ich im Kruge drunten
mit den Junkern sei in Streit gerathen.

Sie hielt das Schreiben in den hellen Mon=
denschein und las; dann schaute sie mich voll
und herzlich an, und wir beredeten, wie wir uns
morgen in dem Tannenwalde treffen wollten;
denn Katharina sollte noch zuvor erkunden, auf
welchen Tag des Junker Wulfen Abreise zum
Kieler Johannismarkte festgesetzet sei.

„Und nun, Katharina," sprach ich; „habt Ihr
nicht etwas, das einer Waffe gleichsieht, ein
eisern Ellenmaaß oder so dergleichen, damit ich der
beiden Thiere drunten mich erwehren könne?"

Sie aber schrak jäh wie aus einem Traum
empor: „Was sprichst Du, Johannes!" rief sie;
und ihre Hände, so bislang in ihrem Schooß
geruhet, griffen nach den meinen. „Nein, nicht
fort, nicht fort! da drunten ist der Tod; und
gehst Du, so ist auch hier der Tod!"

Da war ich vor ihr hingekniet und lag an
ihrer jungen Brust, und wir umfingen uns in
großer Herzensnoth. „Ach, Käthe," sprach ich,

„was vermag die arme Liebe denn! Wenn auch
Dein Bruder Wulf nicht wäre; ich bin kein
Edelmann, und darf nicht um Dich werben.“

Sehr süß und sorglich schauete sie mich an;
dann aber kam es wie Schelmerei aus ihrem
Munde: „Kein Edelmann, Johannes? — Ich
dächte, Du seiest auch das! Aber — ach nein!
Dein Vater war nur der Freund des meinen —
das gilt der Welt wol nicht!“

„Nein, Käthe; nicht das, und sicherlich nicht
hier;“ entgegnete ich und umfaßte fester ihren
jungfräulichen Leib; „aber drüben in Holland,
dort gilt ein tüchtiger Maler wol einen deutschen
Edelmann; die Schwelle von Minheer van Dyks
Pallaste zu Amsterdam ist wol dem Höchsten
ehrenvoll zu überschreiten. Man hat mich drüben
halten wollen, mein Meister van der Helst und
Andre! Wenn ich dorthin zurückginge, ein Jahr
noch oder zwei; dann — wir kommen dann schon
von hier fort; bleib mir nur feste gegen Eure
wüsten Junker!“

Katharinens weiße Hände strichen über meine

6 *

Loden; sie herzete mich und sagte leise: „Da ich
in meine Kammer Dich gelassen, so werd' ich
doch Dein Weib auch werden müssen."

— — Ihr ahnete wol nicht, welch' einen
Feuerstrom dieß Wort in meine Adern goß,
darin ohnedieß das Blut in heißen Pulsen ging.
— Von dreien furchtbaren Dämonen, von Zorn
und Todesangst und Liebe ein verfolgter Mann,
lag nun mein Haupt in des vielgeliebten Weibes
Schooß.

Da schrillte ein geller Pfiff; die Hunde drun=
ten wurden jähling stille, und da es noch ein=
mal gellte, hörete ich sie wie toll und wild davon
rennen.

Vom Hofe her wurden Schritte laut; wir
horchten auf, daß uns der Athem stille stund.
Bald aber wurde dorten eine Thür erst auf=,
dann zugeschlagen und dann ein Riegel vorge=
schoben „Das ist Wulf," sagte Katharina leise;
„er hat die beiden Hunde in den Stall gesperrt."
— Bald hörten wir auch unter uns die Thür
des Hausflurs gehen, den Schlüssel drehen, und

danach Schritte in dem untern Corridor, die sich verloren, wo der Junker seine Kammer hatte. Dann wurde Alles still.

Es war nun endlich sicher, ganz sicher; aber mit unserm Plaudern war es mit einem Male schier zu Ende. Katharina hatte den Kopf zurückgelehnt; nur unser Beider Herzen hörete ich klopfen. — „Soll ich nun gehen, Katharina?" sprach ich endlich.

Aber die jungen Arme zogen mich stumm zu ihrem Mund empor; und ich ging nicht.

Kein Laut war mehr, als aus des Gartens Tiefe das Schlagen der Nachtigallen und von fern das Rauschen des Wässerleins, das hinten um die Hecken fließt. — —

Wenn, wie es in den Liedern heißt, mitunter noch in Nächten die schöne heidnische Frau Venus aufersteht und umgeht, um die armen Menschenherzen zu verwirren, so war es dazumalen eine solche Nacht. Der Mondschein war am Himmel ausgethan, ein schwüler Ruch von Blumen hauchte durch das Fenster und dorten überm

F. I.D.
APRIL 15, 1915.

Walde spielete die Nacht in stummen Blitzen. —
O Hüter, Hüter, war Dein Ruf so fern?

— — Wol weiß ich noch, daß vom Hofe
her plötzlich scharf die Hähne krähten, und daß
ich ein blaß und weinend Weib in meinen Ar=
men hielt, die mich nicht lassen wollte, unachtend,
daß überm Garten der Morgen dämmerte und
rothen Schein in unsre Kammer warf. Dann
aber, da sie deß' inne wurde, trieb sie, wie von
Todesangst geschreckt, mich fort.

Noch einen Kuß, noch hundert; ein flüchtig
Wort noch: wann für das Gesind zu Mittage
geläutet würde, dann wollten wir im Tannen=
wald uns treffen; und dann — ich wußte selber
kaum, wie mir's geschehen — stund ich im Garten,
unten in der kühlen Morgenluft.

Noch einmal, indem ich meinen von den Hun=
den zersetzten Mantel aufhob, schaute ich empor
und sah ein blasses Händlein mir zum Abschied
winken. Nahezu erschrocken aber wurd' ich, da
meine Augen bei einem Rückblick aus dem Garten=
steig von ungefähr die unteren Fenster neben

dem Thurme streiften; denn mir war, als sähe
hinter einem derselbigen ich gleichfalls eine Hand;
aber sie drohete nach mir mit aufgehobenem
Finger und schien mir farblos und knöchern
gleich der Hand des Todes. Doch war's nur
wie im Husch, daß solches über meine Augen
ging; dachte zwar erstlich des Märleins von
der wiedergehenden Urahne; redete mir dann
aber ein, es seien nur meine eigenen aufgestörten
Sinne, die solch' Spiel mir vorgegaukelt hätten.

So, deß' nicht weiter achtend, schritt ich eilends
durch den Garten, merkete aber bald, daß in der
Hast ich auf den Binsensumpf gerathen; sank
auch der eine Fuß bis über's Aenkel ein, gleichsam als ob ihn was hinunterziehen wollte. „Ei,“
dachte ich, „faßt das Hausgespenste doch nach
Dir!“ Machte mich aber auf und sprang über
die Mauer in den Wald hinab.

Die Finsterniß der dichten Bäume sagte
meinem träumenden Gemüthe zu; hier um mich
her war noch die selige Nacht, von welcher
meine Sinne sich nicht lösen mochten. — Erst da

ich nach geraumer Zeit vom Waldesrande in
das offene Feld hinaustrat, wurd' ich völlig wach.
Ein Häuflein Rehe stund nicht fern im silber=
grauen Thau, und über mir vom Himmel scholl
das Tageslied der Lerche. Da schüttelte ich all'
müßig Träumen von mir ab; im selbigen Augen=
blick stieg aber auch wie heiße Noth die Frage
mir in's Hirn: „Was weiter nun Johannes?
Du hast ein theures Leben an Dich rissen;
nun wisse, daß Dein Leben nichts gilt, als nur
das ihre!"

Doch was ich sinnen mochte, es deuchte mir
allfort das Beste, wenn Katharina im Stifte
sichern Unterschlupf gefunden, daß ich dann zu=
rück nach Holland ginge, mich dort der Freundes=
hülf' versicherte und alsobald zurückkäm', um sie
nachzuholen. Vielleicht, daß sie gar der alten
Base Herz erweichet; und schlimmsten Falles —
es mußt' auch gehen ohne das!

Schon sahe ich uns auf einem fröhlichen
Barkschiff die Wellen des grünen Zuidersees be=
fahren, schon hörete ich das Glockenspiel vom

Rathhausthurme Amsterdams und sah am Hafen meine Freunde aus dem Gewühl hervorbrechen und mich und meine schöne Frau mit hellem Zuruf grüßen und im Triumph nach unserem kleinen, aber trauten Heim geleiten. Mein Herz war voll von Muth und Hoffnung; und kräftiger und rascher schritt ich aus, als könnte ich bälder so das Glück erreichen.

— Es ist doch anders kommen.

In meinen Gedanken war ich allmählich in das Dorf hinabgelanget und trat hier in Hans Ottsens Krug, von wo ich in der Nacht so jählings hatte flüchten müssen. — „Ei, Meister Johannes," rief der Alte auf der Tenne mir entgegen; „was hattet Ihr doch gestern mit unseren gestrengen Junkern? Ich war just draußen bei dem Ausschank; aber da ich wieder eintrat, fluchten sie schier grausam gegen Euch; und auch die Hunde raseten an der Thür, die Ihr hinter Euch in's Schloß geworfen hattet."

Da ich aus solchen Worten abnahm, daß der Alte den Handel nicht wohl begriffen habe,

so entgegnete ich nur: „Ihr wisset, der von der
Risch und ich, wir haben uns schon als Jungen
oft einmal gezaufet; da mußt's denn gestern
noch so einen Nachschmack geben."

„Ich weiß, ich weiß!" meinete der Alte;
„aber der Junker sitzt heut auf seines Vaters
Hof; Ihr solltet Euch hüten, Herr Johannes;
mit solchen Herren ist nicht sauber Kirschen essen."

Dem zu widersprechen hatte ich nicht Ursach',
sondern ließ mir Brod und Frühtrunk geben und
ging dann in den Stall, wo ich mir meinen
Degen holete, auch Stift und Skizzenbüchlein
aus dem Ranzen nahm.

Aber es war noch lange bis zum Mittag=
läuten. Also bat ich Hans Ottsen, daß er den
Gaul mit seinem Jungen mög' zum Hofe bringen
lassen, und als er mir solches zugesaget, schritt
ich wieder hinaus zum Wald. Ich ging aber
bis zu der Stelle auf dem Heidenhügel, von wo
man die beiden Giebel des Herrenhauses über
die Gartenhecken ragen sieht, wie ich solches schon
für den Hintergrund zu Katharinens Bildniß

ausgewählet hatte. Nun gedachte ich, daß, wann
in zu verhoffender Zeit sie selber in der Fremde
leben und wol das Vaterhaus nicht mehr betreten würde, sie seines Anblicks doch nicht ganz
entrathen solle; zog also meinen Stift herfür
und begann zu zeichnen, gar sorgsam jedes Win-
telchen, woran ihr Auge einmal mocht' gehaftet
haben. Als farbig Schilderei sollt' es dann in
Amsterdam gefertigt werden, damit es ihr sofort
entgegengrüße, wann ich sie dort in unsre Kammer führen würde.

Nach ein paar Stunden war die Zeichnung
fertig. Ich ließ noch wie zum Gruß ein zwit-
schernd Vögelein darüber fliegen; dann suchte ich
die Lichtung auf, wo wir uns finden wollten,
und streckte mich nebenan im Schatten einer
dichten Buche; sehnlich verlangend, daß die Zeit
vergehe.

Ich mußte gleichwol darob eingeschlummert
sein; denn ich erwachte von einem fernen Schall
und wurd' deß inne, daß·es das Mittagläuten
von dem Hofe sei. Die Sonne glühte schon

heiß hernieder und verbreitete den Ruch der Him=
beeren, womit die Lichtung überdeckt war. Es
fiel mir bei, wie einst Katharina und ich uns
hier bei unfern Waldgängen füße Wegzehrung
geholet hatten; und nun begann ein seltsam
Spiel der Phantasie: bald sahe ich drüben
zwischen den Sträuchen ihre zarte Kindsgestalt,
bald stund sie vor mir, mich anschauend mit den
seligen Frauenaugen, wie ich sie letztlich erst ge=
sehen, wie ich sie nun gleich, im nächsten Augen=
blicke schon leibhaftig an mein klopfend Herze
schließen würde.

Da plötzlich überfiel mich's wie ein Schrecken.
Wo blieb sie denn? Es war schon lang, daß
es geläutet hatte. Ich war aufgesprungen, ich
ging umher, ich stund und spähete scharf nach
aller Richtung durch die Bäume; die Angst kroch
mir zum Herzen; aber Katharina kam nicht; kein
Schritt im Laube raschelte; nur oben in den Buchen=
wipfeln rauschte ab und zu der Sommerwind.

Böser Ahnung voll ging ich endlich fort und
nahm einen Umweg nach dem Hofe zu. Da ich

unweit dem Thore zwischen die Eichen kam, be=
gegnete mir Dieterich. „Herr Johannes,“ sagte
er und trat haftig auf mich zu: „Ihr seid die
Nacht schon in Hans Ottsens Krug gewesen; sein
Junge brachte mir Euren Gaul zurück; — was
habet Ihr mit unsern Junkern vorgehabt?“

„Warum fragst Du, Dieterich?“

— „Warum, Herr Johannes? — Weil ich
Unheil zwischen Euch verhüten möcht'.“

„Was soll das heißen, Dieterich?“ frug ich
wieder; aber mir war beklommen, als sollte
das Wort mir in der Kehle sticken.

„Ihr werdet's schon selber wissen, Herr Jo=
hannes!“ entgegnete der Alte. „Mir hat der
Wind nur so einen Schall davon gebracht; vor
einer Stunde mag's gewesen sein; ich wollte den
Burschen rufen, der im Garten an den Hecken
putzte. Da ich an den Thurm kam, wo droben
unser Fräulein ihre Kammer hat, sah ich dorten
die alte Bas' Ursel mit unserem Junker dicht
beisammen stehen. Er hatte die Arme unter=
schlagen und sprach kein einzig Wörtlein; die

Alte aber redete einen um so größeren Haufen
und jammerte ordentlich mit ihrer feinen Stimme.
Dabei wies sie bald nieder auf den Boden, bald
hinauf in den Epheu, der am Thurm hinauf=
wächst. — Verstanden, Herr Johannes, hab' ich
von dem Allen nichts; dann aber, und nun
merket wohl auf, hielt sie mit ihrer knöchern
Hand, als ob sie damit drohete, dem Junker
was vor Augen; und da ich näher hinsah, war's
ein Fetzen Grauwerk, just wie Ihr's da an
Euerem Mantel traget."

„Weiter, Dieterich!" sagte ich; denn der Alte
hatte die Augen auf meinen zerrissenen Mantel,
den ich auf dem Arme trug.

„Es ist nicht viel mehr übrig;" erwiederte
er; „denn der Junker wandte sich jählings nach
mir zu und frug mich, wo Ihr anzutreffen wäret.
Ihr möget mir es glauben, wäre er in Wirk=
lichkeit ein Wolf gewesen, die Augen hätten
blutiger nicht funkeln können."

Da frug ich: „Ist der Junker im Hause,
Dieterich?"

— „Im Haus? Ich denke wol; doch was sinnet Ihr, Herr Johannes?"

„Ich sinne, Dieterich, daß ich allsogleich mit ihm zu reden habe."

Aber Dieterich hatte bei beiden Händen mich ergriffen. „Gehet nicht, Johannes," sagte er dringend; „erzählet mir zum wenigsten, was geschehen ist; der Alte hat Euch ja sonst guten Rath gewußt!"

„Hernach, Dieterich, hernach!" entgegnete ich. Und also mit diesen Worten riß ich meine Hände aus den seinen.

Der Alte schüttelte den Kopf. „Hernach, Jo= hannes," sagte er, „das weiß nur unser Herrgott!"

Ich aber schritt nun über den Hof dem Hause zu. — Der Junker sei eben in seinem Zimmer, sagte eine Magd, so ich im Hausflur drum be= fragte.

Ich hatte dieses Zimmer, das im Unterhause lag, nur einmal erst betreten. Statt wie bei seinem Vater seel. Bücher und Karten, war hier vielerlei Gewaffen, Handröhre und Arkebufen,

auch allerart Jagdgeräthe an den Wänden an=
gebracht; sonst war es ohne Zier und zeigete an
ihm selber, daß Niemand auf die Dauer und mit
seinen ganzen Sinnen hier verweile.

Fast wär' ich an der Schwelle noch zurück=
gewichen, da ich auf des Junkers „Herein" die
Thür geöffnet; denn, als er sich vom Fenster zu
mir wandte, sahe ich eine Reiterpistole in seiner
Hand, an deren Radschloß er handtirete. Er
schauete mich an, als ob ich von den Tollen
käme. „So!" sagte er gedehnet; „wahrhaftig,
Sieur Johannes, wenn's nicht schon sein Ge=
spenste ist!"

„Ihr dachtet, Junker Wulf," entgegnet' ich,
indem ich näher zu ihm trat, „es möcht' der
Straßen noch andre für mich geben, als die in
Euere Kammer führen!"

— „So dachte ich, Sieur Johannes! Wie
Ihr gut rathen könnt! Doch immerhin, Ihr
kommt mir eben recht; ich hab' Euch suchen lassen!"

· In seiner Stimme bebte was, das wie ein
lauernd Raubthier auf dem Sprunge lag, so

daß die Hand mir unversehens nach dem Degen
fuhr. Jedennoch sprach ich: „Höret mich und
gönnet mir ein ruhig Wort, Herr Junker!"

Er aber unterbrach meine Rede: „Du wirst
gewogen sein, mich· erstlich auszuhören! Sieur
Johannes," — und seine Worte, die erst langsam
waren, wurden allmählich gleichwie ein Gebrüll
— „vor ein paar Stunden, da ich mit schwerem
Kopf erwachte, da fiel's mir bei und reuete mich
gleich einem Narren, daß ich im Rausch die
wilden Hunde Dir auf die Fersen gesetzet hatte;
— seit aber Bas' Ursel mir den Fetzen vorge=
halten, den sie Dir aus Deinem Federbalg ge=
rissen, — beim Höllenelement! mich reut's nur
noch, daß mir die Bestien solch' Stück Arbeit
nachgelassen!"

Noch einmal suchte ich zu Worte zu kommen;
und, da der Junker schwieg, so dachte ich, daß er
auch hören würde. „Junker Wulf," sagte ich,
„es ist schon wahr, ich bin kein Edelmann; aber
ich bin kein geringer Mann in meiner Kunst und
hoffe, es auch wol noch einmal den Größeren

Storm, Aquis submersus.            7

gleich zu thun; so bitte ich Euch geziementlich, gebet Eure Schwester Katharina mir zum Ehgemahl" — —·

Da stockte mir das Wort im Munde. Aus seinem bleichen Antlitz starrten mich die Augen des alten Bildes an; ein gellend Lachen schlug mir in das Ohr, ein Schuß — — — dann brach ich zusammen und hörete nur noch, wie mir der Degen, den ich ohn' Gedanken fast gezogen hatte, klirrend aus der Hand zu Boden fiel.

~~~~~~~

Es war manche Woche danach, daß ich in dem schon bleicheren Sonnenschein auf einem Bänkchen vor dem letzten Haus des Dorfes saß; mit matten Blicken nach dem Wald hinüberschauend, an dessen jenseitigem Rande das Herrenhaus belegen war. Meine thörichten Augen suchten stets auf's Neue den Punkt, wo, wie ich mir vorstellte, Katharinens Kämmerlein von drüben auf die schon herbstlich gelben Wipfel schaue; denn von ihr selber hatte ich keine Kunde.

Man hatte mich mit meiner Wunde in dieß
Haus gebracht, das von des Junkers Waldhüter
bewohnt wurde; und außer diesem Mann und
seinem Weibe und einem mir unbekannten Chi=
rurgus war während meines langen Lagers Nie=
mand zu mir kommen. — Von wannen ich den
Schuß in meine Brust erhalten, darüber hat mich
Niemand befragt, und ich habe Niemandem Kunde
gegeben; des Herzogs Gerichte gegen Herrn Ger=
hardus' Sohn und Katharinens Bruder anzurufen,
konnte nimmer mir zu Sinne kommen. Er mochte
sich dessen auch wol getrösten; noch glaubhafter
jedoch, daß er allen diesen Dingen trotzete.

Nur einmal war mein guter Dieterich da=
gewesen; er hatte mir in des Junkers Auftrage
zwei Rollen Ungarischer Dukaten überbracht als
Lohn für Katharinens Bild, und ich hatte das
Geld genommen, in Gedanken, es sei ein Theil
von deren Erbe, von dem sie als mein Weib wol
später nicht zu viel empfahen würde. Zu einem
traulichen Gespräch mit Dieterich, nach dem mich
sehr verlangete, hatte es mir nicht gerathen

7 *

wollen, maaßen das gelbe Fuchsgesicht meines
Wirthes allaugenblicks in meine Kammer schaute;
doch wurde so viel mir kund, daß der Junker
nicht nach Kiel gereiset, und Katharina seither
von Niemandem weder in Hof noch Garten war
gesehen worden; kaum konnte ich noch den Alten
bitten, daß er dem Fräulein, wenn sich's treffen
möchte, meine Grüße sage, und daß ich bald nach
Holland zu reisen, aber bälder noch zurückzukom-
men dächte, was alles in Treuen auszurichten er
mir dann gelobete.

Ueberfiel mich aber danach die allergrößeste
Ungeduld, so daß ich gegen den Willen des Chi-
rurgus und bevor im Walde drüben noch die
letzten Blätter von den Bäumen fielen, meine
Reise in's Werk setzete; langete auch schon nach
kurzer Frist wohlbehalten in der Holländischen
Hauptstadt an, allwo ich von meinen Freunden
gar liebreich empfangen wurde, und mochte es
auch ferner vor ein glücklich Zeichen wol erkennen,
daß zwo Bilder, so ich dort zurückgelassen, durch
die hülfsbereite Vermittelung meines theueren

Meisters van der Helst beide zu ansehnlichen
Preisen verkaufet waren. Ja, es war dessen noch
nicht genug: ein mir schon früher wohlgewogener
Kaufherr ließ mir sagen, er habe nur auf mich
gewartet, daß ich für sein nach dem Haag verheira=
thetes Töchterlein sein Bildniß malen möge; und
wurde mir auch sofort ein reicher Lohn dafür ver=
sprochen. Da dachte ich, wenn ich solches noch
vollendete, daß dann genug des helfenden Me=
talles in meinen Händen wäre, um auch ohne
andere Mittel Katharinen in ein wohlbestellet
Heimwesen einzuführen.

Machete mich also, da mein freundlicher
Gönner desselbigen Sinnes war, mit allem Eifer
an die Arbeit, so daß ich bald den Tag meiner
Abreise gar fröhlich nah und näher rücken sahe,
unachtend, mit was vor üblen Anständen ich
drüben noch zu kämpfen hätte.

Aber des Menschen Augen sehen das Dunkel
nicht, das vor ihm ist. — Als nun das Bild
vollendet war und reichlich Lob und Gold um
dessen willen mir zu Theil geworden, da konnte

ich nicht fort. Ich hatte in der Arbeit meiner
Schwäche nicht geachtet, die schlecht geheilte
Wunde warf mich wiederum danieder. Eben
wurden zum Weihnachtsfeste auf allen Straßen=
plätzen die Waffelbuden aufgeschlagen, da begann
mein Siechthum und hielt mich länger als das
erste Mal gefesselt. Zwar der besten Arztes=
kunst und liebreicher Freundespflege war kein
Mangel, aber in Aengsten sahe ich Tag um
Tag vergehen, und keine Kunde konnte von ihr,
keine zu ihr kommen.

Endlich nach harter Winterzeit, da der Zuider=
see wieder seine grünen Wellen schlug, geleiteten
die Freunde mich zum Hafen; aber statt des
frohen Muthes nahm ich itzt schwere Herzensorge
mit an Bord. Doch ging die Reise rasch und
gut von Statten.

Von Hamburg aus fuhr ich mit der König=
lichen Post; dann, wie vor nun fast einem
Jahre hiebevor, wanderte ich zu Fuße durch den
Wald, an dem noch kaum die ersten Spitzen
grüneten. Zwar probten schon die Finken und

die Ammern ihren Lenzgesang; doch was küm=
merten sie mich heute! — Ich ging aber nicht
nach Herrn Gerhardus' Herrengut; sondern, so
stark mein Herz auch klopfete, ich bog seitwärts
ab und schritt am Waldesrand entlang dem
Dorfe zu. Da stund ich bald in Hans Ottsens
Krug und ihm gar selber gegenüber.

Der Alte sah mich seltsam an, meinete aber
dann, ich lasse ja recht munter. „Nur," fügte
er bei, „mit Schießbüchsen müsset Ihr nicht
wieder spielen; die machen ärgere Flecken, als so
ein Malerpinsel."

Ich ließ ihn gern bei solcher Meinung, so,
wie ich wol merkete, hier allgemein verbreitet
war, und that vor's Erste eine Frage nach dem
alten Dieterich.

Da mußte ich vernehmen, daß er noch vor
dem ersten Winterschnee, wie es so starken Leuten
wol passiret, eines plötzlichen wenn auch gelinden
Todes verfahren sei. „Der freuet sich," sagte
Hans Ottsen, „daß er zu seinem alten Herrn da
droben kommen; und ist für ihn auch besser so."

„Amen!" sagte ich; „mein herzlieber alter Dieterich!"

Indeß aber mein Herz nur, und immer banger, nach einer Kundschaft von Katharinen seufzete, nahm meine furchtsame Zunge einen Umweg, und ich sprach beklommen: „Was machet denn Euer Nachbar, der von Risch?"

„Oho," lachte der Alte; „der hat ein Weib genommen, und eine, die ihn schon zu Nichte setzen wird."

Nur im ersten Augenblick erschrak ich; denn ich sagte mir sogleich, daß er nicht so von Katha=rinen reden würde; und da er dann den Namen nannte, so war's ein ältlich' aber reiches Fräulein aus der Nachbarschaft; forschete also muthig weiter, wie's drüben in Herrn Gerhardus' Haus bestellet sei, und wie das Fräulein und der Junker mit einander hauseten.

Da warf der Alte mir wieder seine seltsamen Blicke zu. „Ihr meinet wol," sagte er, „daß alte Thürm' und Mauern nicht auch plaudern könnten!"

„Was soll's der Rede?" rief ich; aber sie fiel mir centnerschwer auf's Herz.

„Nun, Herr Johannes," und der Alte sahe mir gar zuversichtlich in die Augen, „wo das Fräulein hinkommen, das werdet doch Ihr am besten wissen! Ihr seid derzeit im Herbst ja nicht zum Letzten hier gewesen; nur wundert's mich, daß Ihr noch einmal wiederkommen; denn Junker Wulf wird, denk' ich, nicht eben gute Mien' zum bösen Spiel gemachet haben."

Ich sahe den alten Menschen an, als sei ich selber hintersinnig worden; dann aber kam mir plötzlich ein Gedanke. „Unglücksmann!" schrie ich! „Ihr glaubet doch nicht etwan, das Fräulein Katharina sei mein Eheweib geworden?"

„Nun, lasset mich nur los!" entgegnete der Alte — denn ich schüttelte ihn an beiden Schultern. — „Was geht's mich an! Es geht die Rede so! Auf alle Fäll'; seit Neujahr ist das Fräulein im Schloß nicht mehr gesehen worden."

Ich schwur ihm zu, derzeit sei ich in Holland krank gelegen; ich wisse nichts von alle dem.

Ob er's geglaubet, weiß ich nicht zu sagen;
allein er gab mir kund, es solle dermalen ein
unbekannter Geistlicher zur Nachtzeit und in
großer Heimlichkeit auf den Herrenhof gekommen
sein; zwar habe Baf' Ursel das Gesinde schon
zeitig in ihre Kammern getrieben; aber der
Mägde eine, so durch den Thürspalt gelauschet,
wolle auch mich über den Flur nach der Treppe
haben gehen sehen; dann später hätten sie deut=
lich einen Wagen aus dem Thorhaus fahren
hören, und seien seit jener Nacht nur noch
Baf' Ursel und der Junker in dem Schloß
gewesen.

— — Was ich von nun an Alles und immer
doch vergebens unternommen, um Katharinen
oder auch nur eine Spur von ihr zu finden, das
soll nicht hier verzeichnet werden. Im Dorfe
war nur das thörichte Geschwätz, davon Hans
Ottsen mich die Probe schmecken lassen; darum
machete ich mich auf nach dem Stifte zu Herrn
Gerhardus' Schwester; aber die Dame wollte mich
nicht vor sich lassen; wurde im Uebrigen mir

auch berichtet, daß keinerlei junges Frauenzimmer
bei ihr gesehen worden. Da reisete ich wieder
zurück und demüthigte mich also, daß ich nach
dem Hause des von der Risch ging und als ein
Bittender vor meinen alten Widersacher hintrat.
Der sagte höhnisch, es möge wol der Buhz das
Vöglein sich geholet haben; er habe dem nicht
nachgeschaut; auch halte er keinen Aufschlag mehr
mit denen von Herrn Gerhardus' Hofe.

· Der Junker Wulf gar, der davon vernommen
haben mochte, ließ nach Hans Ottsens Kruge
sagen, so ich mich unterstünde, auch zu ihm zu
dringen, er würde mich noch einmal mit den
Hunden hetzen lassen. — Da bin ich in den Wald
gegangen und hab' gleich einem Strauchdieb am
Weg auf ihn gelauert; die Eisen sind von der
Scheide bloß geworden; wir haben gefochten, bis
ich die Hand ihm wund gehauen und sein Degen
in die Büsche flog. Aber er sahe mich nur mit
seinen bösen Augen an; gesprochen hat er nicht.
— Zuletzt bin ich zu längerem Verbleiben nach
Hamburg kommen, von wo aus ich ohne Anstand

und mit größerer Umsicht meine Nachforschungen zu betreiben dachte.

Es ist Alles doch umsonst gewesen.

\* \* \*

Aber ich will vor's Erste nun die Feder ruhen lassen. Denn vor mir liegt Dein Brief, mein lieber Josias; ich soll Dein Töchterlein, meiner Schwester seel. Enkelin, aus der Taufe heben. — Ich werde auf meiner Reise dem Walde vorbeifahren, so hinter Herrn Gerhardus' Hof belegen ist. Aber das Alles gehört ja der Vergangenheit.

Hier schließt das erste Heft der Handschrift. — Hoffen wir, daß der Schreiber ein fröhliches Tauf= fest gefeiert und inmitten seiner Freundschaft an frischer Gegenwart sein Herz erquickt habe!

Meine Augen ruhten auf dem alten Bild mir gegenüber: ich konnte nicht zweifeln, der schöne ernste Mann war Herr Gerhardus. Wer aber war jener todte Knabe, den ihm Meister Johannes

hier so sanft in seinen Arm gebettet hatte? —
Sinnend nahm ich das zweite und zugleich letzte
Heft, dessen Schriftzüge um ein Weniges unsicherer
erschienen. Es lautete, wie folgt:

Geliek as Rook un Stoof verswindt,
Alsus sind ock de Minschenkind.

Der Stein, darauf diese Worte eingehauen
stehen, saß ob dem Thürsims eines alten Hauses.
Wenn ich daran vorbei ging, mußte ich allezeit
meine Augen dahin wenden, und auf meinen
einsamen Wanderungen ist dann selbiger Spruch
oft lange mein Begleiter blieben. Da sie im
letzten Herbste' das alte Haus abbrachen, habe
ich aus den Trümmern diesen Stein erstanden,
und ist er heute gleicherweise ob der Thüre
meines Hauses eingemauert worden, wo er nach
mir noch Manchen, der vorübergeht, an die
Nichtigkeit des Irdischen erinnern möge. Mir
aber soll er eine Mahnung sein, ehbevor auch
an meiner Uhr der Weiser stille steht, mit der
Aufzeichnung meines Lebens fortzufahren. Denn

Du, meiner lieben Schwester Sohn, der Du nun
bald mein Erbe sein wirst, mögest mit meinem
kleinen Erbengute dann auch mein Erdenleid da=
hin nehmen, so ich bei meiner Lebzeit Nieman=
dem, auch, aller Liebe ohnerachtet, Dir nicht habe
anvertrauen mögen.

Item; anno 1666 kam ich zum ersten Mal in
diese Stadt an der Nordsee; maaßen von einer
reichen Branntweinbrenner=Wittwen mir der Auf=
trag worden, die Auferweckung Lazari zu malen,
welches Bild sie zum schuldigen und freundlichen
Gedächtniß ihres Seligen, der hiesigen Kirchen
aber zum Zierrath zu stiften gedachte, allwo es
denn auch noch heute über dem Taufsteine mit
den vier Aposteln zu schauen ist. Daneben
wünschte auch der Bürgermeister, Herr Titus
Axen, so früher in Hamburg Thumherr und mir
von dort bekannt war, sein Contrefey von mir
gemalet, so daß ich für eine lange Zeit allhier
zu schaffen hatte. — Mein Losament aber hatte
ich bei meinem einzigen und älteren Bruder, der
seit lange schon das Secretariat der Stadt be=

kleidete; das Haus, darin er als unbeweibter
Mann lebte, war hoch und räumlich, und war
es dasselbig' Haus mit den zwo Linden an der
Ecken von Markt und Krämerstraße, worin ich,
nachdem es durch meines lieben Bruders Hintritt mir angestorben, anitzt als alter Mann noch
lebe und der Wiedervereinigung mit den voran-
gegangenen Lieben in Demuth entgegenharre.

Meine Werkstätte hatte ich mir in dem großen
Pesel der Wittwe eingerichtet; es war dorten ein
gutes Oberlicht zur Arbeit und bekam Alles gemacht und gestellet, wie ich es verlangen mochte.
Nur daß die gute Frau selber gar zu gegenwärtig war; denn allaugenblicklich kam sie draußen
von ihrem Schenktisch zu mir hergetrottet mit
ihren Blechgemäßen in der Hand; drängte mit
ihrer Wohlbeleibtheit mir auf den Malstock und
roch an meinem Bild herum; gar eines Vor-
mittages, da ich so eben den Kopf des Lazarus
untermalet hatte, verlangte sie mit viel über-
flüssigen Worten, der auferweckte Mann solle das
Antlitz ihres Seligen zur Schau stellen, obschon

ich diesen Seligen doch niemalen zu Gesicht be=
kommen, von meinem Bruder auch vernommen
hatte, daß selbiger, wie es die Brenner pflegen,
das Zeichen seines Gewerbes als eine blaurothe
Nasen im Gesicht herumgetragen; da habe ich
denn, wie man glauben mag, dem unvernünftigen
Weibe gar hart den Daumen gegenhalten müssen.
Als dann von der Außendiele her wieder neue
Kundschaft nach ihr gerufen und mit den Ge=
mäßen auf den Schank geklopfet und sie endlich
von mir lassen müssen, da sank mir die Hand
mit dem Pinsel in den Schooß, und ich mußte
plötzlich des Tages gedenken, da ich eines gar
andern Seligen Antlitz mit dem Stifte nachge=
bildet, und wer da in der kleinen Kapelle so still
bei mir gestanden sei. — Und also rückwärts
sinnend setzete ich meinen Pinsel wieder an; als
aber selbiger eine gute Weile hin und wieder
gegangen, mußte ich zu eigener Verwunderung
gewahren, daß ich die Züge des edlen Herrn
Gerhardus in des Lazari Angesicht hineingetragen
hatte. Aus seinem Lailach blickte des Todten

Antlitz gleichwie in stummer Klage gegen mich,
und ich gedachte: so wird er dir einstmals in
der Ewigkeit entgegentreten!

Ich konnte heute nicht weiter malen; sondern
ging fort und schlich auf meine Kammer oder
der Hausthür, allwo ich mich an's Fenster setzte
und durch den Ausschnitt der Lindenbäume auf
den Markt hinabsah. Es gab aber groß' Gewühl
dort, und war bis drüben an die Rathswage
und weiter bis zur Kirchen Alles voll von Wagen
und Menschen; denn es war ein Donnerstag und
noch zur Stunde, daß Gast mit Gaste handeln
durfte, also daß der Stadtknecht mit dem Griper
müßig auf unseres Nachbarn Beischlag saß,
maaßen es vor der Hand keine Brüchen zu er=
haschen gab. Die Ostenfelder Weiber mit ihren
rothen Jacken, die Mädchen von den Inseln mit
ihren Kopftüchern und feinem Silberschmuck, da=
zwischen die hochgethürmten Getreidewagen und
darauf die Bauern in ihren gelben Lederhosen —
dies Alles mochte wol ein Bild für eines Malers
Auge geben, zumal wenn selbiger, wie ich, bei

den Holländern in die Schule gegangen war;
aber die Schwere meines Gemüthes machte das
bunte Bild mir trübe. Doch war es keine Reu',
wie ich vorhin an mir erfahren hatte; ein seh-
nend Leid kam immer gewaltiger über mich; es
zerfleischete mich mit wilden Krallen und sah mich
gleichwol mit holden Augen an. Drunten lag
der helle Mittag auf dem wimmelnden Markte;
vor meinen Augen aber dämmerte silberne Mondnacht, wie Schatten stiegen ein paar Zackengiebel auf, ein Fenster klirrte, und gleich wie aus
Träumen schlugen leis und fern die Nachtigallen.
O du mein Gott und mein Erlöser, der du die
Barmherzigkeit bist, wo war sie in dieser Stunde,
wo hatte meine Seele sie zu suchen? — —

Da hörete ich draußen unter dem Fenster von
einer harten Stimme meinen Namen nennen,
und als ich hinausschaute, ersahe ich einen großen
hageren Mann in der üblichen Tracht eines
Predigers, obschon sein herrisch und finster Antlitz
mit dem schwarzen Haupthaar und dem tiefen
Einschnitt ob der Nase wol eher einem Kriegs-

mann angestanden wäre. Er wies so eben einem
andern, untersetzten Manne von bäuerischem
Aussehen, aber gleich ihm in schwarzwollenen
Strümpfen und Schnallenschuhen, mit seinem
Handstocke nach unserer Hausthür zu, indem er
selbst zumal durch das Marktgewühle von dannen
schritt.

Da ich dann gleich darauf die Thürglocke
schellen hörte, ging ich hinab und lud den Fremden in das Wohngemach, wo er von dem Stuhle,
darauf ich ihn genöthigt, mich gar genau und auf-
merksam betrachtete.

Also war selbiger der Küster aus dem Dorfe
norden der Stadt, und erfuhr ich bald, daß man
dort einen Maler brauche, da man des Pastors
Bildniß in die Kirche stiften wolle. Ich forschete
ein wenig, was für Verdienst um die Gemeine
dieser sich erworben hätte, daß sie solche Ehr'
ihm anzuthun gedächten, da er doch seines Alters
halben noch nicht gar lang im Amte stehen
könne; der Küster aber meinete, es habe der
Pastor freilich wegen eines Stück Ackergrundes

8*

einmal einen Proceß gegen die Gemeinde ange=
strenget, sonst wisse er eben nicht, was Sondres
könne vorgefallen sein; allein es hingen allbereits
die drei Amtsvorweser in der Kirchen, und da
sie, wie er sagen müsse, vernommen hätten, ich
verstünde das Ding gar wohl zu machen, so
sollte der guten Gelegenheit wegen nun auch der
vierte Pastor mit hinein; dieser selber freilich
kümmere sich nicht eben viel darum.

Ich hörete dem Allen zu; und da ich mit
meinem Lazarus am liebsten auf eine Zeit pau-
siren mochte, das Bildniß des Herrn Titus Axen
aber wegen eingetretenen Siechthums desselbigen
nicht beginnen konnte, so hub ich an, dem Auf=
trage näher nachzufragen.

Was mir an Preis für solche Arbeit nun
geboten wurde, war zwar gering, so daß ich
erstlich dachte: sie nehmen Dich für einen Pfennig=
maler, wie sie im Kriegstrosse mitziehen, um die
Soldaten für ihre heimgebliebenen Dirnen ab=
zumalen; aber es muthete mich plötzlich an, auf
eine Zeit allmorgentlich in der goldnen Herbstes=

sonne über die Haide nach dem Dorf hinauszu=
wandern, das nur eine Wegstunde von unserer
Stadt belegen ist. Sagete also zu, nur mit dem
Beding, daß die Malerei draußen auf dem Dorfe
vor sich ginge, da hier in meines Bruders Hause
paßliche Gelegenheit nicht befindlich sei.

Deß schien der Küster gar vergnügt, meinend,
das sei Alles hiebevor schon fürgesorget; der
Pastor hab' sich solches gleichfalls ausbedungen;
item, es sei dazu die Schulstube in seiner Küsterei
erwählet; selbige sei das zweite Haus im Dorfe
und liege nah am Pastorate, nur hintenaus durch
die Priesterkoppel davon geschieden, so daß also
auch der Pastor leicht hinübertreten könne. Die
Kinder, die im Sommer doch nichts lernten,
würden dann nach Haus geschicket.

Also schüttelten wir uns die Hände, und da
der Küster auch die Maaße des Bildes fürsorglich
mitgebracht, so konnte alles Malgeräth, deß ich
bedurfte, schon Nachmittages mit der Priesterfuhr
hinausbefördert werden.

Als mein Bruder dann nach Hause kam —

erst spät am Nachmittage; denn ein Ehrsamer
Rath hatte dermalen viel Bedrängniß von einer
Schinder=Leichen, so die ehrlichen Leute nicht zu
Grabe tragen wollten — meinete er, ich bekäme
da einen Kopf zu malen, wie er nicht oft auf
einem Priesterkragen sitze, und möchte mich mit
Schwarz und Braunroth wohl versehen; erzählete
mir auch, es sei der Pastor als Feldcapellan
mit den Brandenburgern hier in's Land gekommen, als welcher er's fast wilder als die Offiziers
getrieben haben solle; sei übrigens itzt ein scharfer
Streiter vor dem Herrn, der seine Bauern gar
meisterlich zu packen wisse. — Noch merkete mein
Bruder an, daß bei desselbigen Amtseintritt in
unserer Gegend adelige Fürsprach' eingewirket
haben solle, wie es heiße, von drüben aus dem
Holsteinischen her; der Archi=Diakonus habe bei
der Klosterrechnung ein Wörtlein davon fallen
lassen. War jedoch Weiteres meinem Bruder
darob nicht kund geworden.

So sahe mich denn die Morgensonne des
nächsten Tages rüstig über die Haide schreiten,
und war mir nur leid, daß letztere allbereits ihr
rothes Kleid und ihren Würzeduft verbrauchet
und also diese Landschaft ihren ganzen Sommer=
schmuck verloren hatte; denn von grünen Bäumen
war weithin nichts zu ersehen; nur der spitze
Kirchthurm des Dorfes, dem ich zustrebte — wie
ich bereits erkennen mochte, ganz von Granit=
quadern auferbauet — stieg immer höher vor
mir in den dunkelblauen Oktoberhimmel. Zwischen
den schwarzen Strohdächern, die an seinem Fuße
lagen, krüppelte nur niedrig Busch= und Baum=
werk; denn der Nordwestwind, so hier frisch von
der See herauf kommt, will freien Weg zu fahren
haben.

Als ich das Dorf erreichet und auch alsbald
mich nach der Küsterei gefunden, stürzete mir so=
fort mit lustigem Geschrei die ganze Schul' ent=
gegen; der Küster aber hieß an seiner Hausthür
mich willkommen. „Merket Ihr wol, wie gern
sie von der Fibel laufen!“ sagte er. „Der eine

Bengel hatte Euch schon durch's Fenster kommen sehen."

In dem Prediger, der gleich danach in's Haus trat, erkannte ich denselbigen Mann, den ich schon Tags zuvor gesehen hatte. Aber auf seine finstere Erscheinung war heute gleichsam ein Licht gesetzet; das war ein schöner blasser Knabe, den er an der Hand mit sich führete; das Kind mochte etwan vier Jahre zählen und sahe fast winzig aus gegen des Mannes hohe knochige Gestalt.

Da ich die Bildnisse der früheren Prediger zu sehen wünschte, so gingen wir mitsammen in die Kirche, welche also hoch belegen ist, daß man nach den anderen Seiten über Marschen und Haide, nach Westen aber auf den nicht gar fernen Meeresstrand hinunterschauen kann. Es mußte eben Fluth sein; denn die Watten waren überströmet und das Meer stund wie ein lichtes Silber. Da ich anmerkete, wie oberhalb desselben die Spitze des Festlandes und von der andern Seite diejenige der Insel sich gegen einander

ſtrecketen, wies der Küſter auf die Waſſerfläche,
ſo dazwiſchen liegt. „Dort,“ ſagte er, „hat einſt
meiner Eltern Haus geſtanden; aber anno 34 bei
der großen Fluth trieb es gleich hundert anderen
in den grimmen Waſſern; auf der einen Hälfte
des Daches ward ich an dieſen Strand geworfen,
auf der anderen fuhren Vater und Bruder in
die Ewigkeit hinaus.“

Ich dachte: „So ſtehet die Kirche wol am
rechten Ort; auch ohne den Paſtor wird hier
vernehmentlich Gottes Wort geprediget.“

Der Knabe, welchen Letzterer auf den Arm
genommen hatte, hielt deſſen Nacken mit beiden
Aermchen feſt umſchlungen und drückte die zarte
Wange an das ſchwarze bärtige Geſicht des
Mannes, als finde er ſo den Schutz vor der ihn
ſchreckenden Unendlichkeit, die dort vor unſeren
Augen ausgebreitet lag.

Als wir in das Schiff der Kirche eingetreten
waren, betrachtete ich mir die alten Bildniſſe und
ſahe auch einen Kopf darunter, der wol eines
guten Pinſels werth geweſen wäre; jedennoch

war es Alles eben Pfennigmalerei, und sollte
demnach der Schüler van der Helst hier in gar
sondere Gesellschaft kommen.

Da ich solches eben in meiner Eitelkeit bedachte, sprach die harte Stimme des Pastors
neben mir: „Es ist nicht meines Sinnes, daß
der Schein des Staubes dauere, wenn der Odem
Gottes ihn verlassen; aber ich habe der Gemeine
Wunsch nicht widerstreben mögen; nur, Meister,
machet es kurz; ich habe besseren Gebrauch für
meine Zeit."

Nachdem ich dem finsteren Manne, an dessen
Antlitz ich gleichwol für meine Kunst Gefallen
fand, meine beste Bemühung zugesaget, fragete
ich einem geschnitzten Bilde der Maria nach,
so von meinem Bruder mir war gerühmet
worden.

Ein fast verachtend Lächeln ging über des
Predigers Angesicht. „Da kommet Ihr zu spät,"
sagte er, „es ging in Trümmer, da ich's aus der
Kirche schaffen ließ."

Ich sah ihn fast erschrocken an. „Und wolltet

Ihr des Heilands Mutter nicht in Euerer Kirche
dulden?"

„Die Züge von des Heilands Mutter," ent=
gegnete er, „sind nicht überliefert worden."

— „Aber wollet Ihr's der Kunst mißgönnen,
sie in frommem Sinn zu suchen?"

Er sahe eine Weile finster auf mich herab;
denn, obschon ich zu den Kleinen nicht zu zählen,
so überragte er mich doch um eines halben Kopfes
Höhe; — dann sprach er heftig: „Hat nicht der
König die holländischen Papisten dort auf die
zerrissene Insel herberufen; nur um durch das
Menschenwerk der Deiche des Höchsten Straf=
gericht zu trotzen? Haben nicht noch letztlich die
Kirchenvorsteher drüben in der Stadt sich zwei
der Heiligen in ihr Gestühlte schnitzen lassen?
Betet und wachet! Denn auch hier geht Satan
noch von Haus zu Haus! Diese Marienbilder
sind nichts als Säugammen der Sinnenlust und
des Papismus; die Kunst hat allezeit mit der
Welt gebuhlt!"

Ein dunkles Feuer glühte in seinen Augen,

aber seine Hand lag liebkosend auf dem Kopf des blassen Knaben, der sich an seine Kniee schmiegte.

Ich vergaß darob des Pastors Worte zu erwidern; mahnete aber danach, daß wir in die Küsterei zurückgingen, wo ich alsdann meine edele Kunst an ihrem Widersacher selber zu erproben anhub.

～～～～～～

Also wanderte ich fast einen Morgen um den andern über die Haide nach dem Dorfe, wo ich allezeit den Pastor schon meiner harrend antraf. Geredet wurde wenig zwischen uns; aber das Bild nahm desto rascheren Fortgang. Gemeiniglich saß der Küster neben uns und schnitzete allerlei Geräthe gar säuberlich aus Eichenholz, dergleichen als eine Hauskunst hier überall betrieben wird; auch habe ich das Kästlein, woran er derzeit arbeitete, von ihm erstanden und darin vor Jahren die ersten Blätter dieser Niederschrift hinterleget, alswie denn auch mit Gotteswillen diese letzten darin sollen beschlossen sein.

— In des Predigers Wohnung wurde ich nicht geladen und betrat selbige auch nicht; der Knabe aber war allzeit mit ihm in der Küsterei; er stand an seinen Knieen oder er spielte mit Kieselsteinchen in der Ecke des Zimmers. Da ich selbigen einmal fragte, wie er heiße, antwortete er: „Johannes!" — „Johannes?" entgegnete ich, „so heiße ich ja auch!" — Er sah mich groß an, sagte aber weiter nichts.

Weßhalb rühreten diese Augen so an meine Seele? — Einmal gar überraschte mich ein finsterer Blick des Pastors, daß ich den Pinsel müssig auf der Leinewand ruhen ließ. Es war etwas in dieses Kindes Antlitz, das nicht aus seinem kurzen Leben kommen konnte; aber es war kein froher Zug. So, dachte ich, sieht ein Kind, das unter einem kummerschweren Herzen ausgewachsen. Ich hätte oft die Arme nach ihm breiten mögen; aber ich scheute mich vor dem harten Manne, der es gleich einem Kleinod zu behüten schien. Wol dachte ich oft: „Welch eine Frau mag dieses Knaben Mutter sein?" —

Des Küsters alte Magd hatte ich einmal nach des Predigers Frau befraget; aber sie hatte mir kurzen Bescheid gegeben: „Die kennt man nicht; in die Bauernhäuser kommt sie kaum, wenn Kindelbier und Hochzeit ist." — Der Pastor selbst sprach nicht von ihr. Aus dem Garten der Küsterei, welcher in eine dichte Gruppe von Fliederbüschen ausläuft, sahe ich sie einmal langsam über die Priesterkoppel nach ihrem Hause gehen; aber sie hatte mir den Rücken zugewendet, so daß ich nur ihre schlanke jugendliche Gestalt gewahren konnte, und außerdem ein paar gekräuselte Löckchen, in der Art, wie sie sonst nur von den Vornehmeren getragen werden, und die der Wind von ihren Schläfen wehte. Das Bild ihres finsteren Ehgesponsen trat mir vor die Seele, und mir schien, es passe dieses Paar nicht wohl zusammen.

—— An den Tagen, wo ich nicht da draußen war, hatte ich auch die Arbeit an meinem Lazarus wieder aufgenommen, so daß nach einiger Zeit diese Bilder mit einander nahezu vollendet waren.

So faß ich eines Abends nach vollbrachtem
Tagewerke mit meinem Bruder unten in unferem
Wohngemache. Auf dem Tisch am Ofen war die
Kerze fast herabgebrannt und die holländische
Schlaguhr hatte schon auf Eilf gewarnt; wir
aber faßen am Fenster und hatten der Gegen=
wart vergessen; denn wir gedachten der kurzen
Zeit, die wir mitfammen in unserer Eltern Haus
verlebet hatten; auch unseres einzigen lieben
Schwesterleins gedachten wir, das im ersten
Kindbette verstorben und nun seit lange schon
mit Vater und Mutter einer fröhlichen Aufer=
stehung entgegenharrete. — Wir hatten die Läden
nicht vorgeschlagen; denn es that uns wohl,
durch das Dunkel, so draußen auf den Erden=
wohnungen der Stadt lag, in das Sternenlicht
des ewigen Himmels hinaufzublicken.

Am Ende verstummeten wir Beide in uns
selber, und wie auf einem dunklen Strome
trieben meine Gedanken zu ihr, bei der sie allzeit
Rast und Unrast fanden. — — Da, gleich einem
Stern aus unsichtbaren Höhen, fiel es mir jäh=

lings in die Bruſt: Die Augen des ſchönen blaſſen Knaben, es waren ja ihre Augen! Wo hatte ich meine Sinne denn gehabt! — — Aber dann, wenn ſie es war, wenn ich ſie ſelber ſchon geſehen! — Welch' ſchredbare Gedanken ſtürmten auf mich ein!

Indem legte ſich die eine Hand meines Bru= ders mir auf die Schulter, mit der andern wies er auf den dunkeln Markt hinaus, von wannen aber ißt ein heller Schein zu uns herüberſchwankte. „Sieh nur!" ſagte er. „Wie gut, daß wir das Pflaſter mit Sand und Haide ausgeſtopfet haben! Die kommen von des Glockengießers Hochzeit; aber an ihren Stockleuchten ſieht man, daß ſie gleichwol hin und wieder ſtolpern."

Mein Bruder hatte Recht. Die tanzenden Leuchten zeugeten deutlich von der Trefflichkeit des Hochzeitſchmauſes; ſie kamen uns ſo nahe, daß die zwei gemalten Scheiben, ſo leßlich von meinem Bruder als eines Glaſers Meiſterſtück erſtanden waren, in ihren ſatten Farben wie in Feuer glühten. Als aber dann die Geſellſchaft

an unserem Hause laut redend in die Krämer=
straße einbog, hörete ich Einen unter ihnen sagen:
„Ei freilich; das hat der Teufel uns verpurret!
Hatte mich leblang darauf gespitzet, einmal eine
richtige Hex' so in der Flammen singen zu hören!"

Die Leuchten und die lustigen Leute gingen
weiter, und draußen die Stadt lag wieder still
und dunkel.

„O weh!" sprach mein Bruder; „den trübet,
was mich tröstet."

Da fiel es mir erst wieder bei, daß am näch=
sten Morgen die Stadt ein grausam Spektakul
vor sich habe. Zwar war die junge Person, so
wegen einbekannten Bündnisses mit dem Satan
zu Aschen sollte verbrannt werden, am heutigen
Morgen vom Frohne todt in ihrem Kerker auf=
gefunden worden; aber dem todten Leibe mußte
gleichwol sein peinlich Recht geschehen.

Das war nun vielen Leuten gleich einer kalt
gestellten Suppen. Hatte doch auch die Buch=
führer-Wittwe Liebernickel, so unter dem Thurm
der Kirche den grünen Bücherschranken hat, mir

Storm, Aquis submersus. 9

am Mittage, da ich wegen der Zeitung bei ihr
eingetreten. auf's Heftigste geklaget, daß nun das
Lied, so sie im Voraus darüber habe anfertigen
und drucken lassen, nur kaum noch passen werde,
wie die Faust auf's Auge. Ich aber, und mit
mir mein viel lieber Bruder, hatte so meine
eigenen Gedanken von dem Hexenwesen; und
freuete mich, daß unser Herrgott — denn der
war es doch wol gewesen — das arme junge
Mensch so gnädiglich in seinen Schooß genom=
men hatte.

Mein Bruder, welcher weichen Herzens war,
begann gleichwol der Pflichten seines Amts sich
zu beklagen; denn er hatte drüben von der Rath=
haustreppe das Urthel zu verlesen, sobald der
Racker den todten Leichnam davor aufgefahren,
und hernach auch der Justification selber zu assi=
stiren. „Es schneidet mir schon itzund in das
Herz;“ sagte er, „das greuelhafte Gejohle, wenn
sie mit dem Karren die Straße herabkommen;
denn die Schulen werden ihre Buben und die
Zunftmeister ihre Lehrburschen loslassen. — An

Deiner Statt," fügete er bei, „der Du ein freier Vogel bist, würde ich auf's Dorf hinausmachen, und an dem Conterfey des schwarzen Pastors weiter malen!"

Nun war zwar festgesetzet worden, daß ich am nächstfolgenden Tage erst wieder hinauskäme; aber mein Bruder redete mir zu, unwissend, wie er die Ungeduld in meinem Herzen schürete; und so geschah es, daß Alles sich erfüllen mußte, was ich getreulich in diesen Blättern nieder=schreiben werde.

~~~~~

Am andern Morgen, als drüben vor meinem Kammerfenster nur kaum der Kirchthurmhahn in rothem Frühlicht blinkte, war ich schon von meinem Lager aufgesprungen; und bald schritt ich über den Markt, allwo die Bäcker, vieler Käufer harrend, ihre Brodschragen schon geöffnet hatten; auch sahe ich, wie an dem Rathhause der Wacht=meister und die Fußknechte in Bewegung waren, und hatte Einer bereits einen schwarzen Teppich

über das Geländer der großen Treppe aufge=
hangen; ich aber ging durch den Schwiebbogen,
so unter dem Rathhause ist, eilends zur Stadt
hinaus.

Als ich hinter dem Schloßgarten auf dem
Steige war, sahe ich drüben bei der Lehmkuhle,
wo sie den neuen Galgen hingesetzet, einen mäch=
tigen Holzstoß aufgeschichtet. Ein paar Leute
handtirten noch daran herum, und mochten das
der Frohn und seine Knechte sein, die leichten
Brennstoff zwischen die Hölzer thaten; von der
Stadt her aber kamen schon die ersten Buben
über die Felder ihnen zugelaufen. — Ich achtete
deß nicht weiter, sondern wanderte rüstig fürbaß,
und da ich hinter den Bäumen hervortrat, sahe
ich mir zur Linken das Meer im ersten Sonnen=
strahl entbrennen, der im Osten über die Haide
emporstieg. Da mußte ich meine Hände falten:

> „O Herr, mein Gott und Christ,
> Sei gnädig mit uns Allen,
> Die wir in Sünd' gefallen,
> Der Du die Liebe bist!" — —

Als ich draußen war, wo die breite Land=
straße durch die Haide führt, begegneten mir
viele Züge von Bauern; sie hatten ihre kleinen
Jungen und Dirnen an den Händen und zogen
sie mit sich fort

„Wohin strebet Ihr denn so eifrig?" fragte
ich den einen Haufen; „es ist ja doch kein Markt=
tag heute in der Stadt."

Nun, wie ich's wol zum Voraus wußte, sie
wollten die Hexe, das junge Satansmensch, ver=
brennen sehen.

— „Aber die Hexe ist ja todt!"

„Freilich, das ist ein Verdruß;" meineten sie;
„aber es ist unserer Hebamme, der alten Mutter
Siebzig, ihre Schwestertochter; da können wir
nicht außen bleiben und müssen mit dem Reste
schon fürlieb nehmen."

— — Und immer neue Schaaren kamen daher;
und itzund tauchten auch schon Wagen aus dem
Morgennebel, die statt mit Kornfrucht heut mit
Menschen vollgeladen waren. — — Da ging ich
abseits über die Haide, obwol noch der Nacht=

thau von dem Kraute rann; denn mein Gemüth
verlangte nach der Einsamkeit; und ich sahe von
fern, wie es den Anschein hatte, das ganze Dorf
des Weges nach der Stadt ziehen. Als ich auf
dem Hünenhügel stund, der hier inmitten der
Haide liegt, überfiel es mich, als müsse auch ich
zur Stadt zurückkehren oder etwan nach links
hinab an die See gehen, oder nach dem kleinen
Dorfe, das dort unten hart am Strande liegt;
aber vor mir in der Luft schwebete etwas, wie
ein Glück, wie eine rasende Hoffnung, und es
schüttelte mein Gebein, und meine Zähne schlugen
aneinander. „Wenn sie es wirklich war, so letzt=
lich mit meinen eigenen Augen ich erblicket, und
wenn dann heute" — — Ich fühlte mein Herz
gleich einem Hammer an den Rippen; ich ging
weit um durch die Haide; ich wollte nicht sehen,
ob auf der Wagen einem auch der Prediger nach
der Stadt fahre. — Aber ich ging dennoch end=
lich seinem Dorfe zu.

Als ich es erreichet hatte, schritt ich eilends
nach der Thür des Küsterhauses. Sie war ver=

schloffen. Eine Weile stund ich unschlüssig; dann
hub ich mit der Fauft zu klopfen an. Drinnen
blieb Alles ruhig; als ich aber ftärker klopfte,
kam des Küsters alte halbblinde Trienke aus
einem Nachbarhause.

„Wo ift der Küster?" fragte ich.

— „Der Küster? Mit dem Priester in die
Stadt gefahren."

Ich ftarrete die Alte an; mir war, als fei
ein Blitz durch mich dahin geschlagen.

„Fehlet Euch etwas, Herr Maler?" fragte fie.

Ich schüttelte den Kopf und fagte nur: „So
ift wol heute keine Schule, Trienke?"

— „Bewahre! Die Heye wird ja verbrannt!"

Ich ließ mir von der Alten das Haus auf=
schließen, holte mein Malergeräthe und das faft
vollendete Bildniß aus des Küsters Schlafkammer
und richtete, wie gewöhnlich, meine Staffelei in
dem leeren Schulzimmer. Ich pinselte etwas an
der Gewandung; aber ich suchte damit nur mich
felber zu belügen: ich hatte keinen Sinn zum

Malen; war ja um deſſen willen auch nicht hieher
gekommen.

Die Alte kam hereingelaufen, ſtöhnte über die
arge Zeit und redete über Bauern= und Dorf=
ſachen, die ich nicht verſtund; mich ſelber drän=
gete es, ſie wieder einmal nach des Predigers
Frau zu fragen, ob ſelbige alt oder jung, und
auch, woher ſie gekommen ſei; allein ich brachte
das Wort nicht über meine Zungen. Dagegen
begann die Alte ein lang Geſpinnſte von der
Her' und ihrer Sippſchaft hier im Dorfe und
von der Mutter Siebenzig, ſo mit Vorſpuk=Sehen
behaftet ſei; erzählete auch, wie ſelbige zur Nacht,
da die Gicht dem alten Weibe keine Ruh' ge=
laſſen, drei Leichlaken über des Paſtors Haus=
dach habe fliegen ſehen; es gehe aber ſolch'
Geſichte allzeit richtig aus, und Hoffart komme
vor dem Falle; denn ſei die Frau Paſtorin bei
aller ihrer Vornehmheit doch nur eine blaſſe und
ſchwächliche Kreatur.

Ich mochte ſolch' Geſchwätz nicht fürder hören;
ging daher aus dem Hauſe und auf dem Wege

herum, da wo das Pastorat mit seiner Fronte
gegen die Dorfstraße liegt; wandte auch unter
bangem Sehnen meine Augen nach den weißen
Fenstern, konnte aber hinter den blinden Scheiben
nichts gewahren, als ein paar Blumenscherben,
wie sie überall zu sehen sind. — Ich hätte nun
wol umkehren mögen; aber ich ging dennoch
weiter. Als ich auf den Kirchhof kam, trug von
der Stadtseite der Wind ein wimmernd Glocken=
läuten an mein Ohr; ich aber wandte mich und
blickte hinab nach Westen, wo wiederum das
Meer wie lichtes Silber am Himmelssaume hin=
floß, und war doch ein tobend Unheil dort ge=
wesen, worin in einer Nacht des Höchsten Hand
viel tausend Menschenleben hingeworfen hatte.
Was krümmete denn ich mich so gleich einem
Wurme? — Wir sehen nicht, wie seine Wege
führen!

Ich weiß nicht mehr, wohin mich damals
meine Füße noch getragen haben; ich weiß nur,
daß ich in einem Kreis gegangen bin: denn da
die Sonne fast zur Mittagshöhe war, langete ich

wieder bei der Küsterei an. Ich ging aber nicht
in das Schulzimmer an meine Staffelei, sondern
durch das Hinterpförtlein wieder zum Hause
hinaus. — —

Das ärmliche Gärtlein ist mir unvergessen,
obschon seit jenem Tage meine Augen es nicht
mehr gesehen. — Gleich dem des Predigerhauses
von der anderen Seite, trat es als ein breiter
Streifen in die Priesterkoppel; inmitten zwischen
beiden aber war eine Gruppe dichter Weiden-
büsche, welche zur Einfassung einer Wassergrube
dienen mochten; denn ich hatte einmal eine Magd
mit vollem Eimer wie aus einer Tiefe daraus
hervorsteigen sehen.

Als ich ohne viel Gedanken, nur mein Gemüthe erfüllet von nicht zu zwingender Unrast,
an des Küsters abgeheimseten Bohnenbeeten hin-
ging, hörte ich von der Koppel draußen eine
Frauenstimme von gar holdem Klang, und wie
sie liebreich einem Kinde zusprach.

Unwillens schritt ich solchem Schalle nach;
so mochte einst der griechische Heidengott mit

seinem Stabe die Todten nach sich gezogen haben.
Schon war ich am jenseitigen Rande des Hollun=
dergebüsches, das hier ohne Verzäunung in die
Koppel ausläuft, da sahe ich den kleinen Johan=
nes mit einem Aermchen voll Moos, wie es
hier in dem kümmerlichen Grase wächst, gegen=
über hinter die Weiden gehen; er mochte sich
dort damit nach Kinderart ein Gärtchen angeleget
haben. Und wieder kam die holde Stimme an
mein Ohr: „Nun heb nur an; nun hast du
einen ganzen Haufen! Ja, ja; ich such' derweil
noch mehr; dort am Hollunder wächst genug!"

Und dann trat sie selber hinter den Weiden
hervor; ich hatte ja längst schon nicht gezweifelt.
— Mit den Augen auf dem Boden suchend,
schritt sie zu mir her, so daß ich ungestört sie
betrachten durfte; und mir war, als gliche sie
nun gar seltsam dem Kinde wieder, das sie einst
gewesen war, für das ich den „Buhz" einst von
dem Baum herabgeschossen hatte; aber dieses
Kinderantlitz von heute war bleich, und weder
Glück noch Muth darin zu lesen.

So war sie mählich näher kommen, ohne meiner zu gewahren: dann kniete sie nieder an einem Streifen Moos, der unter den Büschen hinlief; doch ihre Hände pflückten nicht davon; sie ließ das Haupt auf ihre Brust sinken, und es war, als wolle sie nur ungesehen vor dem Kinde in ihrem Leibe ausruhen.

Da rief ich leise: „Katharina!"

Sie blickte auf; ich aber ergriff ihre Hand und zog sie gleich einer Willenlosen zu mir unter den Schatten der Büsche. Doch als ich sie endlich also nun gefunden hatte und keines Wortes mächtig vor ihr stund, da sahen ihre Augen weg von mir, und mit fast einer fremden Stimme sagte sie: „Es ist nun einmal so, Johannes! Ich wußte wol, Du seiest der fremde Maler; ich dachte nur nicht, daß Du heute kommen würdest."

Ich hörete das, und dann sprach ich es aus: „Katharina, — — — so bist Du des Predigers Eheweib?"

Sie nickte nicht; sie sah mich starr und

schmerzlich an. „Er hat das Amt dafür bekom=
men," sagte sie, „und Dein Kind den ehrlichen
Namen."

— „Mein Kind, Katharina?"

„Und fühltest Du das nicht? Er hat ja doch
auf Deinem Schooß gesessen; einmal doch, er
selbst hat es mir erzählet."

— — Möge keines Menschen Brust ein solches
Weh zerfleischen! — „Und Du, Du und mein
Kind, Ihr solltet mir verloren sein!"

Sie sah mich an, sie weinte nicht, sie war
nur gänzlich todtenbleich.

„Ich will das nicht!" schrie ich; „ich will" . . .
Und eine wilde Gedankenjagd rasete mir durch's
Hirn.

Aber ihre kleine Hand hatte gleich einem
kühlen Blatte sich auf meine Stirn gelegt, und
ihre braunen Augensterne aus dem blassen Antlitz
sahen mich flehend an. „Du, Johannes," sagte
sie, „Du wirst es nicht sein, der mich noch elender
machen will."

— „Und kannst denn Du so leben, Katharina?"

„Leben? — — Es ist ja doch ein Glück dabei; er liebt das Kind; — was ist denn mehr noch zu verlangen?"

— „Und von uns, von dem, was einst ge= wesen ist, weiß er denn?" — —

„Nein, nein!" rief sie heftig. „Er nahm die Sünderin zum Weibe; mehr nicht. O Gott, ist's denn nicht genug, daß jeder neue Tag ihm angehört!"

In diesem Augenblicke tönete ein zarter Gesang zu uns herüber. — „Das Kind," sagte sie. „Ich muß zu dem Kinde; es könnte ihm ein Leids geschehen!"

Aber meine Sinne zielten nur auf das Weib, das sie begehrten. „Bleib doch;" sagte ich, „es spielet ja fröhlich dort mit seinem Moose."

Sie war an den Rand des Gebüsches getreten und horchte hinaus. Die goldene Herbstsonne schien so warm hernieder, nur leichter Hauch kam von der See herauf. Da höreten wir von jenseit durch die Weiden das Stimmlein unseres Kindes singen:

„Zwei Englein, die mich decken,
Zwei Englein, die mich strecken,
Und zweie so mich weisen,
In das himmlische Paradeisen."

Katharina war zurückgetreten und ihre Augen
sahen groß und geisterhaft mich an. „Und nun
leb' wohl, Johannes," sprach sie leise; „auf Nim-
merwiedersehen hier auf Erden!"

Ich wollte sie an mich reißen; ich streckte
beide Arme nach ihr aus; doch sie wehrete mich
ab und sagte sanft: „Ich bin des anderen Mannes Weib; vergiß das nicht."

Mich aber hatte auf diese Worte ein fast
wilder Zorn ergriffen. „Und wessen, Katharina,"
sprach ich hart, „bist Du gewesen, ehe bevor Du
sein geworden?"

Ein weher Klaglaut brach aus ihrer Brust:
sie schlug die Hände vor ihr Angesicht und rief:
„Weh wir! O wehe, mein entweihter armer
Leib!"

Da wurd' ich meiner schier unmächtig; ich
riß sie jäh an meine Brust, ich hielt sie wie mit
Eisenklammern und hatte sie endlich, endlich
wieder! Und ihre Augen sanken in die meinen,
und ihre rothen Lippen duldeten die meinen; wir
umschlangen uns inbrünstiglich; ich hätte sie

tödten mögen, wenn wir also miteinander hätten
sterben können. Und als dann meine Blicke voll
Seligkeit auf ihrem Antlitz weideten, da sprach
sie, fast erstickt von meinen Küssen: „Es ist ein
langes, banges Leben! O, Jesu Christ, vergieb
mir diese Stunde!"

— — Es kam eine Antwort; aber es war
die harte Stimme jenes Mannes, aus dessen
Munde ich itzt zum ersten Male ihren Namen
hörte. Der Ruf kam von drüben aus dem
Predigergarten, und noch einmal und härter rief
es: „Katharina!"

Da war das Glück vorbei; mit einem Blicke
der Verzweiflung sahe sie mich an; dann stille
wie ein Schatten war sie fort.

— — Als ich in die Küsterei trat, war auch
schon der Küster wieder da. Er begann sofort
von der Justification der armen Hexe auf mich
einzureden. „Ihr haltet wol nicht viel davon;"
sagte er; „sonst wäret Ihr heute nicht auf's
Dorf gegangen, wo der Herr Pastor gar die
Bauern und ihre Weiber in die Stadt getrieben."

Ich hatte nicht die Zeit zur Antwort; ein gellender Schrei durchschnitt die Luft; ich werde ihn leblang in den Ohren haben.

„Was war das Küster?" rief ich.

Der Mann riß ein Fenster auf und horchte hinaus; aber es geschah nichts weiter. „So mir Gott," sagte er, „es war ein Weib, das so ge= schrieen hat; und drüben von der Priesterkoppel kam's."

Indem war auch die alte Trienke in die Thür gekommen. „Nun, Herr?" rief sie mir zu. „Die Leichlaken sind auf des Pastors Dach ge= fallen!"

— „Was soll das heißen, Trienke?"

„Das soll heißen, daß sie des Pastors kleinen Johannes so eben aus dem Wasser ziehen."

Ich stürzte aus dem Zimmer und durch den Garten auf die Priesterkoppel; aber unter den Weiden fand ich nur das dunkle Wasser und Spuren feuchten Schlammes daneben auf dem Grase. — Ich bedachte mich nicht, es war ganz wie von selber, daß ich durch das weiße Pförtchen

in des Pastors Garten ging. Da ich eben in's
Haus wollte, trat er selber mir entgegen.

Der große knochige Mann sah gar wüste aus;
seine Augen waren geröthet und das schwarze
Haar hing wirr ihm in's Gesicht. „Was wollt
Ihr?" sagte er.

Ich starrete ihn an; denn mir fehlete das
Wort. Was wollte ich denn eigentlich?

„Ich kenne Euch!" fuhr er fort. „Das Weib
hat endlich Alles ausgeredet."

Das machte mir die Zunge frei. „Wo ist
mein Kind?" rief ich.

Er sagte: „Die beiden Eltern haben es er-
trinken lassen."

— „So laßt mich zu meinem todten Kinde!"

Allein, da ich an ihm vorbei in den Hausflur
wollte, drängete er mich zurück. „Das Weib,"
sprach er, „liegt bei dem Leichnam und schreit zu
Gott aus ihren Sünden. Ihr sollt nicht hin,
um ihrer armen Seelen Seligkeit!"

Was dermalen selber ich gesprochen, ist mir
schier vergessen; aber des Predigers Worte gruben

sich in mein Gedächtniß. „Höret mich!" sprach
er. „So von Herzen ich Euch hasse, wofür dereinst mich Gott in seiner Gnade wolle büßen
lassen, und Ihr vermuthenblich auch mich, —
noch ist Eines uns gemeinsam. — Geht itzo heim
und bereitet eine Tafel oder Leinewand! Mit
solcher kommet morgen in der Frühe wieder und
malet darauf des todten Knaben Antlitz. Nicht
mir oder meinem Hause; der Kirchen hier, wo
er sein kurz unschuldig Leben ausgelebet, möget
Ihr das Bildniß stiften. Mög' es dort die
Menschen mahnen, daß vor der knöchern' Hand
des Todes Alles Staub ist!"

Ich blickte auf den Mann, der kurz vordem
die edle Malerkunst ein Buhlweib mit der Welt
gescholten; aber ich sagte zu, daß Alles so geschehen möge.

— — Daheim indessen wartete meiner eine
Kunde, so meines Lebens Schuld und Buße gleich
einem Blitze jählings aus dem Dunkel hob, so
daß ich Glied um Glied die ganze Kette vor
mir leuchten sahe.

Mein Bruder, dessen schwache Constitution
von dem abscheulichen Spectakul, dem er heute
assistiren müssen, hart ergriffen war, hatte sein
Bette aufgesucht. Da ich zu ihm eintrat, richtete
er sich auf. „Ich muß noch eine Weile ruhen;"
sagte er, indem er ein Blatt der Wochenzeitung
in meine Hand gab: „aber lies doch dieses! Da
wirst Du sehen, daß Herrn Gerhardus' Hof in
fremde Hände kommen, maaßen Junker Wulf
ohn' Weib und Kind durch eines tollen Hundes
Biß gar jämmerlichen Todes verfahren ist."

Ich griff nach dem Blatte, das mein Bruder
mir entgegenhielt; aber es fehlte nicht viel, daß
ich getaumelt wäre. Mir war's bei dieser
Schreckenspost, als sprängen des Paradieses
Pforten vor mir auf; aber schon sahe ich am
Eingange den Engel mit dem Feuerschwerdte
stehen, und aus meinem Herzen schrie es wieder:
O Hüter, Hüter, war Dein Ruf so fern! — —
Dieser Tod hätte uns das Leben werden können;
nun war's nur ein Entsetzen zu den andern.

Ich saß oben auf meiner Kammer. Es wurde

Dämmerung, es wurde Nacht; ich schaute in die
ewigen Gestirne, und endlich suchte auch ich mein
Lager. Aber die Erquickung des Schlafes ward
mir nicht zu Theil. In meinen erregten Sinnen
war es mir gar seltsamlich, als sei der Kirchthurm drüben meinem Fenster nah gerückt; ich
fühlte die Glockenschläge durch das Holz der
Bettstatt dröhnen, und ich zählete sie alle die
ganze Nacht entlang. Doch endlich dämmerte
der Morgen. Die Balken an der Decke hingen
noch wie Schatten über mir, da sprang ich auf,
und ehbevor die erste Lerche aus den Stoppel-
feldern stieg, hatte ich allbereits die Stadt im
Rücken.

Aber so frühe ich auch ausgegangen, ich traf
den Prediger schon auf der Schwelle seines
Hauses stehen. Er geleitete mich auf den Flur
und sagte, daß die Holztafel richtig angelanget,
auch meine Staffelei und sonstiges Malergeräth
aus dem Küsterhause herübergeschaffet sei. Dann
legte er seine Hand auf die Klinke einer Stuben-
thür.

Ich jedoch hielt ihn zurück und sagte: „Wenn es in diesem Zimmer ist, so wollet mir vergönnen, bei meinem schweren Werk allein zu sein!"

„Es wird Euch Niemand stören;" entgegnete er und zog die Hand zurück. „Was Ihr zur Stärkung Eures Leibes bedürfet, werdet Ihr drüben in jenem Zimmer finden." Er wies auf eine Thür an der anderen Seite des Flures; dann verließ er mich.

Meine Hand lag itzund statt der des Predigers auf der Klinke. Es war todtenstill im Hause; eine Weile mußte ich mich sammeln, bevor ich öffnete.

Es war ein großes, fast leeres Gemach, wol für den Confirmanden=Unterricht bestimmt, mit kahlen weißgetünchten Wänden; die Fenster sahen über öde Felder nach dem fernen Strand hinaus. Inmitten des Zimmers aber stund ein weißes Lager aufgebahret. Auf dem Kissen lag ein bleiches Kinderangesicht; die Augen zu; die klei= nen Zähne schimmerten gleich Perlen aus den blassen Lippen.

Ich fiel an meines Kindes Leiche nieder und sprach ein brünstiglich Gebet. Dann rüstete ich Alles, wie es zu der Arbeit nöthig war; und dann malte ich; — rasch, wie man die Todten malen muß, die nicht zum zweiten Mal dasselbig' Antlitz zeigen. Mitunter wurd' ich wie von der andauernden großen Stille aufgeschrecket; doch wenn ich inne hielt und horchte, so wußte ich bald, es sei nichts dagewesen. Einmal auch war es, als drängen leise Odemzüge an mein Ohr. — Ich trat an das Bette des Todten, aber da ich mich zu dem bleichen Mündlein niederbeugete, berührte nur die Todeskälte meine Wangen.

Ich sahe um mich; es war noch eine Thür im Zimmer; sie mochte zu einer Schlafkammer führen, vielleicht daß es von dort gekommen war! Allein so scharf ich lauschte, ich vernahm nichts wieder; meine eigenen Sinne hatten wol ein Spiel mit mir getrieben.

So setzete ich mich denn wieder, sahe auf den kleinen Leichnam und malete weiter; und da ich die leeren Händchen ansahe, wie sie auf dem

Linnen lagen, so dachte ich: „Ein klein Geschenk
doch mußt du deinem Kinde geben!" Und ich
malete auf seinem Bildniß ihm eine weiße Wasser-
Lilie in die Hand, als sei es spielend damit ein-
geschlafen. Solcher Art Blumen gab es selten
in der Gegend hier, und mocht es also ein er-
wünschet Angebinde sein.

Endlich trieb mich der Hunger von der Arbeit
auf, mein ermüdeter Leib verlangte Stärkung.
Legete sonach den Pinsel und die Palette fort
und ging über den Flur nach dem Zimmer, so
der Prediger mir angewiesen hatte. Indem ich
aber eintrat, wäre ich vor Ueberraschung bald
zurückgewichen; denn Katharina stund mir gegenüber, zwar in schwarzen Trauerkleidern, und doch
in all' dem Zauberschein, so Glück und Liebe in
eines Weibes Antlitz wirken mögen.

Ach, ich wußte es nur zu bald; was ich hier
sahe, war nur ihr Bildniß, das ich selber einst
gemalet. Auch für dieses war also nicht mehr
Raum in ihres Vaters Haus gewesen. — Aber
wo war sie selber denn? Hatte man sie fort-

gebracht oder hielt man sie auch hier gefangen?
— Lang, gar lange sahe ich das Bildniß an;
die alte Zeit stieg auf und quälete mein Herz.
Endlich, da ich mußte, brach ich einen Bissen
Brod und stürzete ein paar Gläser Wein hinab;
dann ging ich zurück zu unserem todten Kinde.

Als ich drüben eingetreten und mich an die
Arbeit setzen wollte, zeigete es sich, daß in dem
kleinen Angesicht die Augenlider um ein Weniges
sich gehoben hatten. Da bückete ich mich hinab,
im Wahne, ich möchte noch einmal meines Kindes
Blick gewinnen; als aber die kalten Augensterne
vor mir lagen, überlief mich Grausen; mir war,
als sähe ich die Augen jener Ahne des Geschlechtes, als wollten sie noch hier aus unseres Kindes
Leichenantlitz künden: „Mein Fluch hat doch
Euch Beide eingeholet!" — Aber zugleich — ich
hätte es um alle Welt nicht lassen können —
umfing ich mit beiden Armen den kleinen blassen
Leichnam und hob ihn auf an meine Brust und
herzete unter bitteren Thränen zum ersten Male
mein geliebtes Kind. „Nein, nein, mein armer

Knabe, Deine Seele, die gar den finstern Mann
zur Liebe zwang, die blickte nicht aus solchen
Augen; was hier herausschaut, ist alleine noch
der Tod. Nicht aus der Tiefe schreckbarer Ver=
gangenheit ist es heraufgekommen; nichts Anderes
ist da, als Deines Vaters Schuld; sie hat uns
alle in die schwarze Fluth hinabgerissen."

Sorgsam legte ich dann wieder mein Kind in
seine Kissen und drückte ihm sanft die beiden
Augen zu. Dann tauchete ich meinen Pinsel in
ein dunkles Roth und schrieb unten in den
Schatten des Bildes die Buchstaben: C. P. A. S.
Das sollte heißen: Culpa Patris Aquis Submersus, „Durch Vaters Schuld in der Fluth ver=
sunken." — Und mit dem Schalle dieser Worte
in meinem Ohre, die wie ein schneidend Schwert
durch meine Seele fuhren, malete ich das Bild
zu Ende.

Während meiner Arbeit hatte wiederum die
Stille im Hause fortgedauert, nur in der letzten
Stunde war abermalen durch die Thür, hinter
welcher ich eine Schlafkammer vermuthet hatte,

ein leises Geräusch hereingedrungen. — War
Katharina dort, um ungesehen bei meinem
schweren Werk mir nah zu sein? — Ich konnte
es nicht enträthseln.

Es war schon spät. Mein Bild war fertig,
und ich wollte mich zum Gehen wenden; aber
mir war, als müsse ich noch einen Abschied
nehmen, ohne den ich nicht von hinnen könne. —
So stand ich zögernd und schaute durch das
Fenster auf die öden Felder draußen, wo schon
die Dämmerung begunnte sich zu breiten; da
öffnete sich vom Flure her die Thür, und der
Prediger trat zu mir herein.

Er grüßte schweigend; dann mit gefalteten
Händen blieb er stehen und betrachtete wechselnd
das Antlitz auf dem Bilde und das des kleinen
Leichnams vor ihm, als ob er sorgsame Ver=
gleichung halte. Als aber seine Augen auf die
Lilie in der gemalten Hand des Kindes fielen,
hub er wie im Schmerze seine beiden Hände auf,
und ich sahe, wie seinen Augen jählings ein
reicher Thränenquell entstürzete.

Da ſtreckte auch ich meine Arme nach dem Todten und rief überlaut: „Lebwohl, mein Kind! O mein Johannes, lebewohl!"

Doch in demſelben Augenblicke vernahm ich leiſe Schritte in der Nebenkammer; es taſtete wie mit kleinen Händen an der Thür; ich hörte deutlich meinen Namen rufen — oder war es der des todten Kindes? — Dann rauſchte es wie von Frauenkleidern hinter der Thüre nieder, und das Geräuſch vom Falle eines Körpers wurde hörbar.

„Katharina!" rief ich. Und ſchon war ich hinzugeſprungen und rüttelte an der Klinke der feſtverſchloſſenen Thür; da legte die Hand des Paſtors ſich auf meinen Arm. „Das iſt meines Amtes!" ſagte er. „Gehet ißo! Aber gehet in Frieden; und möge Gott uns allen gnädig ſein!"

— — Ich bin dann wirklich fortgegangen; ehe ich es ſelbſt begriff, wanderte ich ſchon draußen auf der Haide auf dem Weg zur Stadt.

Noch einmal wandte ich mich um und ſchaute nach dem Dorf zurück, das nur noch wie Schatten

aus dem Abenddunkel ragte. Dort lag mein
todtes Kind — Katharina — Alles, Alles! —
Meine alte Wunde brannte mir in meiner
Brust; und seltsam, was ich niemals hier ver=
nommen, ich wurde plötzlich mir bewußt, daß
ich vom fernen Strand die Brandung tosen
hörete. Kein Mensch begegnete mir, keines
Vogels Ruf vernahm ich; aber aus dem dumpfen
Brausen des Meeres tönete es mir immerfort,
gleich einem finsteren Wiegenliede: Aquis submersus — aquis submersus!

_ _ _ _ _ _ _ _ _ _

Hier endete die Handschrift.

Dessen Herr Johannes sich einstens im Voll=
gefühle seiner Kraft vermessen, daß er's wol
auch einmal in seiner Kunst den Größeren gleich
zu thun verhoffe, das sollten Worte bleiben, in
die leere Luft gesprochen.

Sein Name gehört nicht zu denen, die ge=
nannt werden, kaum dürfte er in einem Künstler=
lexikon zu finden sein; ja selbst in seiner engeren
Heimath weiß Niemand von einem Maler seines

Namens. Des großen Lazarus-Bildes thut zwar noch die Chronik unserer Stadt Erwähnung, das Bild selbst aber ist zu Anfang dieses Jahrhunderts nach dem Abbruch unserer alten Kirche gleich den anderen Kunstschätzen derselben verschleudert und verschwunden.

Aquis submersus.

Pierer'sche Hofbuchdruckerei. Stephan Geibel & Co. in Altenburg.

# Miniatur = Ausgaben

in eleganten Einbänden mit Goldschnitt aus dem Verlage von

## Gebrüder Paetel in Berlin.

**Die braune Erica.** Novelle von **Wilhelm Jensen.** 2. Auflage.
Miniatur-Format. Elegant geb. mit Goldschnitt 3 Mark.

**Trimborn & Co.** Eine Weihnachts- und Sylvester-Erzählung
von **Wilhelm Jensen.** Miniatur = Format. Elegant gebunden mit Goldschnitt . . . . . . . . . . 3 Mark.

**Hildebrandt und Schirmer.** Von **Günther von Frei-
berg.** Miniatur = Format. Elegant gebunden mit Goldschnitt . . . . . . . . . . . . . . . . 3 Mark.

**Am Theetisch einer schönen Frau.** Erinnerungen an
den Kaiser Alexander I. von **Elise Polko.** Miniatur-Format.
Elegant gebunden mit Goldschnitt . . . . . . 4 Mark.

**Rohana.** Ein Liebesleben in der Wildniß. Von **Adolf
Strodtmann.** 2. Auflage. Miniatur-Format. Elegant
gebunden mit Goldschnitt . . . . . . . . 3 Mark.

**Wellenträume.** Von **Villamaria.** Miniatur = Format.
Elegant gebunden mit Goldschnitt . . . . . 3 Mark.

**Byron's Manfred.** Erklärt und übersetzt von **L. Frey-
tag.** Miniatur-Format. Elegant gebunden mit Goldschnitt . . . . . . . . . . . . . . . 3 Mark.

**Devrient-Novellen** von **Heinrich Smidt.** Zweite, vermehrte
Auflage. 2 Theile. Miniatur-Format. Elegant in einen
Band gebunden mit Goldschnitt. . . . . . . 4 Mark.

**Wann das Heimweh kommt.** Drei Novellen von **Hugo
Gaedcke.** Verfasser des Bilderbuch eines armen Studenten.
2. Auflage. Miniatur-Format. Elegant gebunden mit
Goldschnitt . . . . . . . . . . . . . 3 Mark.

Zu beziehen durch alle Buchhandlungen.

*

# Miniatur=Ausgaben

in eleganten Einbänden mit Goldschnitt aus dem Verlage von
**Gebrüder Paetel in Berlin.**

**Eva.** Novelle von Marie Giese. 2. Auflage. Miniatur=
Format. Elegant gebunden mit Goldschnitt . . 3 Mark.

**Im Pfarrdorf.** Erzählung von Wilhelm Jensen. 2. Auf=
lage. Miniatur=Format. Elegant gebunden mit Gold=
schnitt . . . . . . . . . . . . . . . . 3 Mark.

**Lübecker Novellen** von Wilhelm Jensen. Miniatur=For=
mat. Elegant gebunden mit Goldschnitt . . . 3 Mark.

**Magister Timotheus.** Novelle von Wilhelm Jensen. Mi=
niatur=Format. Elegant geb. mit Goldschnitt 3 Mark.

**Novellen** von Wilhelm Jensen. Miniatur=Format. Elegant
gebunden mit Goldschnitt . . . . . . . . . 6 Mark.

**Westwardhome.** Novelle von Wilhelm Jensen. Miniatur=
Format. Elegant gebunden mit Goldschnitt . . 3 Mark.

**König René's Tochter.** Lyrisches Drama von Henrik Hertz.
Aus dem Dänischen, unter Mitwirkung des Verfassers von
Fr. Bresemann. 7. Auflage. Miniatur=Format. Elegant
gebunden mit Goldschnitt . . . . . . . . . 3 Mark.

**Das Bilderbuch eines armen Studenten.** 2. vermehrte
Auflage. Miniatur=Format. Elegant gebunden mit Gold=
schnitt . . . . . . . . . . . . . . . . 3 Mark.

**Zwei Jubilarinnen.** Von Friedrich Bücker. Mit 2 Illu=
strationen von A. Schaal. Miniatur=Format. Elegant
gebunden mit Goldschnitt . . . . . . . . . 3 Mark.

**Ernste Stunden.** Andachtsbuch für Frauen von einer Frau.
7. Auflage. Miniatur=Format. Elegant gebunden mit
Goldschnitt . . . . . . . . . . . . . . . 3 Mark.

=== **Zu beziehen durch alle Buchhandlungen.** ===

# Miniatur-Ausgaben

in eleganten Einbänden mit Goldschnitt aus dem Verlage von

## Gebrüder Paetel in Berlin.

**Walpurgis.** Von Gustav zu Putlitz. 4. Auflage. Miniatur-Format. Elegant gebunden mit Goldschnitt 3 Mark.

**Geschichten aus der Tonne.** Von Theodor Storm. 2. Auflage. Miniatur-Format. Elegant gebunden mit Goldschnitt . . . . . . . . . . . . . . . . . 3 Mark.

**Zerstreute Capitel.** Von Theodor Storm. 2. Auflage. Miniatur-Format. Elegant geb. mit Goldschnitt 4 Mark

**Gedichte.** Von Theodor Storm. 5. Auflage. Miniatur-Format. Elegant gebunden mit Goldschnitt . . . 5 Mark.

**Zwei Weihnachtsidyllen.** Von Theodor Storm. 2. Aufl. Miniatur-Format. Elegant geb. mit Goldschnitt 3 Mark.

**In der Sommer-Mondnacht.** Novellen von Theodor Storm. 3. Auflage. Miniatur-Format. Elegant gebunden mit Goldschnitt . . . . . . . . . . . . . . 3 Mark.

**Ein grünes Blatt.** Zwei Novellen von Theodor Storm. 3. Auflage. Miniatur-Format. Elegant gebunden mit Goldschnitt . . . . . . . . . . . . . . . . 3 Mark.

**Drei Novellen.** Von Theodor Storm. Miniatur-Format. Elegant gebunden mit Goldschnitt . . . . . . 3 Mark.

**Deutsche Liebeslieder** seit Johann Christian Günther. Eine Codification von Theodor Storm. Miniatur-Format. Elegant gebunden mit Goldschnitt . . . . . . 3 Mark.

═══ **Zu beziehen durch alle Buchhandlungen.** ═══

20 | 8
11